目次

JN166327

庄野潤三ノート

第一章　習作の時代

青年期の初めにおいて、私は決して小説好きな人間ではなかった、と三十二歳の庄野さんが書いている。（昭和二十八年十二月二十日、東京新聞新人発言欄「経験的リアリティ」）

しかし、チャールズ・ラムの文章は早くから好きになった。中学校（旧制度、五年制の大阪府立住吉中学）の英語の先生から初めてラムのことを教わり、やがてエヴリマンズ・ライブラリーで「エッセイズ・オヴ・エリア」を求めた。

ある年譜には大阪外語の英語部に入学してから、中学の教科書に載っていたラムの作品を訳して「ふるさと」という題で「外語文学」に出したとある。

九州大学（東洋史学科）の学生時代の日記に基づく長篇小説「前途」の中にも、同好の友人と「ラム研究会」を催す話が出てくる。第二次大戦の最中、（英文科の学生が研究室で読むのではなく）、東洋史や哲学の学生が誰かの下宿に集って敵国の文人の「夢の中の子供」「煙突掃除人の讃」などを輪読している。「私はラムの文章のこまやかさと、この世の憂苦をくぐり抜けて来た人間の心憎い機知と、その優しい心根に、すっかり感心して、これにまさる美しい作品が他にあろうとは思われなかった」そして、「そのころの私にはフィクションという言葉もロマンという言葉も、何か馴染みにくい」ものがあって、「すべて劇的なものに対してよそよそしかった。」(「経験的リアリティ」)

庄野さんの年譜に処女作とされている小説は、昭和十八年に二十二歳で書かれた、「雪・ほたる」である。その内容についてはのちに触れるが、実はこれ以前にも原稿用紙やノートに書きつけていた数多くの習作があって、そのいくつかは前述の「前途」の文章から拾い上げることができる。「カルチエ・ラタン譚」、「淀の河辺」、「尼子さんの夢」、「満洲紀行」、「二月十二日の記」などがそれである。(このうち「淀の河辺」は戦後同人雑誌「午前」に発表されている)「雪・ほたる」も含めて何れもラム研究会のあった昭和十七、八年の大学生活の中で書かれた日常や旅の記録であって、はじめの三作は「前途」の中にも引用してある。その頃の庄野さんの目がどこに向いていたかを知るために、原形のままかどうかは判らないが、「カルチエ・ラタン譚」から一部を写してみよう。(庄野さんの話では、当時ノートに書いた短文が実際に残っているらしい)

小高《おだか》の下宿へ行った。「支那文化談叢」という本を持って来て、彼がその中の佐藤春夫訳「よく笑う女」を読んでいると、反対側の庭に面した部屋で、ギターを弾き出した。

その部屋は、ずっと空いている。ギターを弾いているのは、小高の隣りの部屋にいる経済の学生だが、本当はマンドリンが上手なのである。

そいつはパンツ一枚で、窓の手すりに腰かけて、大きなギターを抱いて、庭をみながら弾いている。それに合せて、下で小学五年生くらいの女の子とその妹が、おきうとは蒟蒻みたいでそうでないというような意味の歌をうたっている。

二階の学生の方は、低い声で時々、あーあーあーと音階を示して、自分も、

「おきうとはー」

とうたって、上手にギターを鳴らした。

その歌は、歌詞も曲もちょっと間が抜けているようで面白かった。帰りがけに小高に、

「あの、さっきうとうとった歌、習っておいてくれ」

と云ったら、僕がすぐ近くの下宿へ帰って、お菓子を食べていると、しばらくして外から僕を呼ぶ声がして、小高が手拭と石鹼をぶら下げて上って来た。

彼の話によると、いまの歌はあの学生が知り合いの娘さんに自ら作詞作曲して捧げたものであるが、彼女に好かれなかった。そこで、帰って来て、下宿の子供に教えたら、

なかなか覚えない。がっかりして、部屋で裸になって昼寝していたら、庭で二人が何か歌をうたっている。

よく聞くと、自分の教えた「おきうと」の歌で、しかもちゃんとうたっている。喜んで飛び起き、ギターを持って窓のところへ行って、伴奏をしながら、姉妹と一緒にうたっていたということである。(「前途」第一章ラム研究会より)

たとえのちに筆を入れたとしても、気負いや感傷を排除した落着いた目で原景がとらえられていることに違いはない。二十歳そこそこの青年の手記とはとても思えぬユーモアのある日々の記録だ。

そのような出発をした庄野さんはいま通常、私小説の書き手と目されている。そういう分類も無理からぬところがあって、たとえば第一創作集の中にしばしば出てくる三歳や四歳の女の子が、その後の作品の中で年と共に大きくなり、立派な娘さんになり、学校を出て就職し、二十四冊目の「野鴨」ではねんねこで赤ん坊をおぶって、両親の家に現われる。これが私小説でなくて何であろう、とひとは思う。

ところが昭和三十六年「群像」三月号の「私小説は滅びるか」という座談会に、実作者として庄野さんは上林暁氏と出席して、自分は私小説作家だという自覚は持たないと言っている。

「私の気持を言いますと、すべての文学は人間記録《ヒューマン・ドキュメント》だという考えが根本にあるわけです。ですから文学をいろいろなジャンルで詩、エッセイ、フィクション、ドラマ、またそれ以外の伝記や日記、書簡などというふうに分けていって、これらすべてはヒューマン・ドキュメントだ、その作品がどういう形で書かれていようとも、その作品を読んで作者が生きていた証拠というものを読者が感じる、そういうものでなければ文学でないという気持があるわけです。ですからもし私小説作家だという自覚の上に立つと、文学の表現の上で束縛を感じるように思うんです。」

一方、こんな発言もある。

「自分の経験はほんとに取るに足らないものだ、自分が一生の間に見ることは幾らもないものだという気持が私にはあります。それだからといってその取るに足らない、私を離れてフィクションと称して血の通っていない人間に、流行の観念で色づけして小説を書きたいとは決して思わない。（略）そのこれだけのものを大事にして、もっと何か大きな世界、自己中心でない大きな人生、これは歴史といってもいいですが、そういう大きなものの中に取るに足らない自分を生かす手だてを見出そうとする努力、これは芸術上の努力だと思うんです。」

昭和三十六年といえば、庄野さんが「静物」を書き上げた次の年だ。短く切り取った家庭生活の断片を貼絵のように並べたこの中篇は、ふしぎな美感と客観性に統一され、従来の私小説の枠にはまらないのみならず、明治以後のどの小説にも似ていなかった。（似ているとすれば、それは庄野さんの資質に一番よく似ている）

著者自身の言葉に従ってその作品をヒューマン・ドキュメント——自分の生きていた証拠を示しながらもっと大きな人生・世界を感じさせるもの、と定義するならば、原稿用紙数枚のエッセイから一冊分の長篇に至るまで、庄野さんの書くものすべてが作者の時間を画布とした巨大な「静物」の、美しい断片だと言うことも出来る。

主人公は必ずしも庄野さん自身でなく、といってそこから庄野さんの体験を引きはがすことも出来ない。そして、どの小説もエッセイもみな一つの長篇につながりひろがって行く性格を持っている。私はそんな風にこの作家の作品を読んできた。

庄野潤三全集（昭和四十八年六月より翌年四月まで講談社刊全十巻）に、著者がわざわざ「習作」とことわって載せた三つの短篇がある。「罪」「貴志君の話」「ピューマと黒猫」の三作だが、何れも第二次大戦が終って間もなく書かれ、この作家のものとしては珍しく時代の雰囲気をよく映している。ところが世間一般に照らしてみると、またこれほど戦後らしくない作品もあの頃には珍しい。

「罪」（「午前」昭和二十一年七月）は戦後福岡で発行された同人誌「午前」（真鍋呉夫、北川晃二氏らが同人）の短篇特集号に求められて書いた。書いてみたら原稿用紙に三枚で終ってしまい、これでは向うも拍子ぬけしたのではないかと思ったそうだ。

結婚して三月目の夫が、腕の中にいる妻に訊ねる。

「もしも俺が今迄にやった悪いことがひろこに分ったとしたら、どうする？」

どんなことをしたとしても私は構わないと妻が答える。夫はだんだん強いカードを出してゆく。さいごに「人を殺したことがあっても？」と聞く。

「ほーら、ぎょっとした」

この箇所は戦後の状況を抜きにすると、十分に理解できないかも知れない。戦争中に大学が繰り上げ卒業になって、海軍予備学生に志願した庄野さんは、日本刀で敵を斬り殺す稽古もしていた。捕虜を試し斬りさせられることもあった時代である。実際には斬らなかったけれども、状況次第ではどうなっていたか判らない。（勿論、斬る前に殺されていたかも判らない）そういうことが作中の「夫」の頭の中にあるし、「妻」の脅えにも根拠がある。

ところがこの小説に言う「些細ではあるが重大な罪」は、その戦争中の記憶にではなく、目の前の無垢な妻をこころみたことの方にある。そのために夫は胸に「かすかな苦痛」を覚える。――ここが戦後の小説一般と庄野さんとの違いだろう。

年譜によれば、庄野さんの結婚は昭和二十一年一月、この作品は同じ年の四月二十三日に書かれた。

「貴志君の話」（「光耀」昭和二十一年十月）は林富士馬氏が編集して疎開先の山形県鶴岡市で印刷した「光耀」第二輯に載った。実物をこんど見せてもらったが、青磁色の地に白く立派な字で「文學冊子光耀第二輯」と抜いてある。戦後のことで、紙は粗悪で薄い雑誌だのに、いかにも「冊子」らしい風格がある。（庄野さんもこの雑誌の同人で、第一輯の編集人である。因みに終刊号の第三輯は、島尾敏雄氏が中古謄写版を購って自ら原紙を切り、十六部だけ発行した。三島由紀夫の短篇も載っている。）

「貴志君」は庄野さんの文学上の友人で、この作品より二十二年のちに書かれた前述の長篇「前途」の昭和十八年三月二十四日の項に、東京で「まほろば」という同人雑誌をやっている「木谷数馬君」が「貴志君」と二人、大阪の伊東静雄（本名で出ている）を訪ねて来て、「僕」が二人と初対面の挨拶を交すくだりがある。（「僕」は庄野さん、「木谷数馬」は林富士馬氏をうつした人物）

昭和十八年には、もう庄野さんも小説嫌いではない。その二年前、大阪の電車の中で偶然伊東静雄に逢い（年譜による）、それからたびたび堺市三国ケ丘にある伊東家を訪ねて文学の話を聞くようになった。伊東静雄はラムを教えてくれた英語の中尾次郎吉先生と同じ住吉中学の、国語教師であった。庄野さんは先ず詩作に興味を持ち、それから次第に散文の方に興味が移って行った。大学に入ると、同じ東洋史学科の一年上に島尾敏雄氏がいた。そして初めて活字になった「雪・ほたる」をはじめ少なくとも三篇の小説をこの年に書いている。

「雪・ほたる」は昭和十八年の七月から九月初めまでの福岡の下宿での学友との交りを、日記に基づいて書いた作品だ。のちに「前途」の終りの部分と重なるこの小説は、島尾敏雄氏と覚しい友人が海軍予備学生を志願して帰郷する前夜で終っているが、同じ年の秋、庄野さんは満洲の東京城に渤海国の首都の跡を訪ねる旅の最中に文科系生徒の徴兵猶予令廃止の新聞記事を読み、急遽ハルピンを経て内地に帰った。(この旅ものちに、――恐らく当時の日記に基づいて二つの短篇「曠野」・「秋の日」に分けて書かれている)徴兵検査を受けて甲種合格となり、海軍予備学生を志して十二月に大竹海兵団に入るまでの間に、大阪帝塚山の自宅で、この小説は仕上げられた。四十八枚になった。伊東静雄の家に届けたがその日は不在で、翌日電話で呼び出されて大阪高等学校(旧制)の前の「五銭喫茶」で詳しく批評を聞いた。先ず「読んでいて切ない気持になった」と賞められ、「これは画期的な作品ではないが、見た人にはいつまでも心に残って愛好される小説になるでしょう。作中何でもないたたずまい、部屋の様子などが省かれているが、これを軍隊に持って行って戦陣の蠟燭の灯のかげでもう一度時を経て思い出しながら、ここに書いてない細かい細かいことが書き足されれば、少くとも三倍の長さのいい小説になります」と言われた。そして翌十九年四月、前記の「まほろば」にこの作品は伊東静雄の紹介文と共に掲載された。

なお、同じ十八年に書かれた「十二月十二日の記」の内容・性格については、「前途」三月六日の項に庄野さんは簡潔に次のように書いている。

「それは冬休みに家へ帰っていた十八日間の最後の一日の朝から夜までを書いたものである。母と阿倍野へ『ハワイマレー沖海戦』をみに行ったのも、この日の主な出来事のひとつであった。これも出来るだけ、じっくりしたものにしたい。自分のその時の風貌、顔色、気持、残さずこまかくしるしたい」

「前途」の項でこの小品についてもう一度触れるが、作品の後半では主人公が伊東静雄の家を訪ねている。

こうして見てくると、庄野さんはもともと日常の時間を記録する好みを持ち、そこから出発した作家であることが判る。その時間をどのように記録したかについては、これから順を追って仔細に眺めていくわけだが、庄野さんがこの世で文学に興味を持つに至ったなかだち、もしくはしるべとなったのが、ラムを代表とするエッセイと、伊東静雄という詩人であったことを、ここで先ず記しておきたい。

——話を戻そう。その伊東静雄を介して識り合った旧友の「貴志君」と、戦後二年目の夏、庄野さんは大阪の自宅で再会した。貴志君の口から、やはり戦争に行った筈の林富士馬氏の相変らぬ様子を聞き、その一週間後に、「貴志君の話」を書き上げたということになっている。

小説の終り近くにこんなことが書いてある。

「何故、この話を私は書きたかったのだろう？　それを何日も或は五年でも十年でも考えつめるというのがあの独逸の詩人の発想法なのだ。だが、私はその詩人の真似が出来ない」

独逸の詩人とはリルケを指す。その頃しきりに庄野さんがしゃれた短篇を書きたがっていたのを、伊東静雄はリルケを引合いに出して「もっと正坐するような気持で書かないといけない」とたしなめていたそうである。

「あなたは急ぎすぎるように思われる」

とも言われたそうだ。

伊東静雄についてはまたのちに詳しく触れる機会があるだろう。

さて、独逸式にではなくきわめて日本式に即興的に書かれたという「貴志君の話」だが、その文章はしかし急ぐどころか実に悠々としていて平明（これは庄野さんが好んで使う言葉）で、ヒューマン・ドキュメントの書き手たる未来をおのずから予告しているかのようだ。

「ピューマと黒猫」は、まさにこれぞしゃれた小説だ。昭和二十二年四月、大阪の「文学雑誌」第三号に載った。大阪の町に生まれ育った私（筆者）は藤沢桓夫《たけお》氏が新人を育てるために始めたというこの同人誌に親近感を持って、学校の休みで帰省するたびに、本屋の店頭でよく拾い読みした。庄野さんの他に令兄の庄野英二氏や石浜恒夫氏ら、私の小学校の先輩で顔と名前をよく知っている人が詩や小説を書いていたから、特に身近に感じて刺戟を受けたのである。庄野さんについては「チェルニのうた」という優しい詩を覚えているが、この小説の記憶はない。

先に挙げた「罪」と共に、この後に続く夫婦小説の先駆をなすものだが、前者がドラマ的かつ倫理的であるのに較べて、こちらはイメージ的かつ美的である。かなり違う要素によって成り立っている。庄野さんは白熊やピューマや黒猫の生態に託して、若い夫婦の心の翳り、これから先の生活への予感を暗示したのだろうか。説明すると白々しくなるが、この種の暗喩を庄野さんはしばしば巧みに使うようになる（それは童話であったり、雑誌の写真であったりする）。その発想は詩的で、夏のさかりの、動物園のコンクリートの壁の前を行きつもどりつする白熊、という風なイメージをいわば二次元の活字に変えて、一字一字紙に捺すように貼りつける技は天の賜物というほかない。そしてその印象ぜんたいは、いつもユーモラスでかなしい。

歩いている方の白熊を見ていると、いささかの狂いもなく同じ動作を繰り返している。ふわっふわっふわっと三歩進むと、頭をうーっと前にさし伸ばす。またそのまま後ろへふわっふわっふわっと三歩退る。それを何度も何度も反覆する。可哀そうにのぼせてしまっているのだ。同じところを一日中往復するので、そこのところだけ石の表面が大理石のように光っている。

いったい何時まで同じ動作を続けるつもりなのか、ひろこには気になるのである。だが、何時まで見ていても際限がない。白熊の檻の前に一時間も二時間も立っていると、しまいには癪に障って来て、もう見てやらないと心に決める。立ち去りかけて、ひょいと後を振り向くとまだやっている。それで今度はさっさと歩き出すが、またもや気になって振り返る。ふわっふわっふわっふわっと三歩行って、うーっと伸びをして、ふわっふわっと戻っている。遠くまで離れて、また振り返りたくなる。まだやっている。

この表現は、また庄野さんの感受の型をも示している。庄野さん自身の体験なのか、もしくは他人から聞いた話かは問う所ではない。何れにせよ庄野さんが深く打たれた現実の断片が、こうして何の意味も付着していないままシャッターを切られ真新しい乾板にうつされる。これを仮に庄野さんの原体験とでも名付けるならば、それは極めて具体的で視覚的、いつまでも色あせぬのが特徴だ。

たとえば「家にあった本・田園」という随筆の中に、

「私は或る日庭の隅のくもの巣にかかったとんぼを見つけて、こんないいものがいたのかとびっくりした。そうして、気が附いた時には、とんぼ気違いになっていた。」

と庄野さんは書いている。

「いまでも私は散歩の途中に田圃や池のそばを通って、『つながったとんぼが、とまりそうな場所がある』と思うことがよくある」（昭和四十七年八月「新潮日本文学55月報」）

こうした「原体験」は子供の頃には誰にもあるものかも知れないが、庄野さんの場合は今後の生活の中でますます積極的に発見され拾われて行く。その際、先入見なしに、意味や因果律で汚されていないイメージそのままが明るいレンズでうつし取られて文字に定着される点が肝腎である。「ピューマと黒猫」は、そのよいサンプルであるばかりでなく、完成されたすぐれた掌篇小説だ。

なお、バカな白熊の「原体験」は、十七年後の昭和三十九年に書かれた「蒼天」の中にも嵌めこまれて、また違う効果を上げている。

以上の三作で、大事なことが出揃ったような気がする。

第二章　愛撫

　この標題は一つの短篇小説の題であるけれども、ここではその名を冠した一冊の短篇集の名前として掲げたわけで、以下「プールサイド小景」「バングローバーの旅」「静物」「道」「鳥」「丘の明り」「小えびの群れ」「絵合せ」も、それぞれ同名の作品を含めた短篇集を指すものと考えて頂きたい。
　庄野さんの第一創作集『愛撫』が新潮社から出版されたのは昭和二十八年十二月二十日である。その「あとがき」は簡にして要を得ている。気負いも卑下もなく、こんな風にたじろがずに自分を見ることが出来る目は、庄野さんの才能のだいじな部分であるような気がする。

「舞踏」「スラヴの子守唄」「メリイ・ゴオ・ラウンド」「会話」「噴水」は、いずれも

「愛撫」に続く一聯の夫婦小説である。作家である私がこの世における最初の仕事として夫と妻というものをその対象としたのは、全く偶然である。ただこれらの作品が、その当時の私の生活感情の最も痛切な部分から発したものであるということは言える。「愛撫」を書いた時から「噴水」を書くまでに四年八ヵ月かかっている。(以下略)

本当は「夫婦小説」ばかりで一冊の本にしたかったが、まだ作品が足りなかったので「喪服」「恋文」「流木」を加えた。庄野さんはその作品の一字一句と同じように、それが一冊にまとめられ印刷され造本されることについて、最後までゆるがせにしないたちの作家である。その態度が最初の創作集のあとがきにも現われている。なにより作品の並べ方だ。「愛撫」を例にとっても機械的に分類したり年代順に並べてあるわけではなく、作品相互の色合い、濃淡、強弱を按配してモンタージュしてあることが判る。「ひとつの小説をではなくて、本一冊として読んでほしい」という意味のことを、のちに自分の短篇集について庄野さんは語っているが、読者が作品に接する時に、作品相互のかかわりあいをも含めて読みとられることを作者は心から望んでいるのであろう。そこで、かかる作者のモンタージュに際して一たん外された短篇の運命はきわめて厳しいことになる。それらは切り捨てられたフィルム同然全集の編纂に際しても殆ど再録されていない。

「愛撫」は妻の目で書いてある。大風が吹きこんで一切のものを吹き飛ばしてしまったように、結婚したことで自分を失った妻が、更に失望を重ねて行く推移が具体的に一つ一つ押えて書き進められる。

あたしは——今から思うとずいぶん馬鹿だったと思うけど、あの人に夢中になってゐた。一日中、何も仕事が手につかずに、ぼーっとして自分で自分のしていることが分らない。ただもうあの人のまわりを夢遊病者のようにうろうろするしか能のないような私であった。女学生時代のあたしは、もみくちゃにされて影も形もなくなっていた。

これは講談社版庄野潤三全集第一巻（昭和四十八年六月刊）に拠る引用だが、もとの単行本では右の引用文の「女学生時代の」のあとに形容句が入って、「女学生時代の、王子のやうに我儘で、ロビンフッドのやうに縦横無盡な（と自分で信じてゐた）——さういふあたしは」となっている。このような自己喪失がいわば庄野さんの初期の夫婦小説ないし家庭を描く小説の中にひびく妻のモティーフであり、のちに止揚される「定立」である。

一方、加害の意志のない加害者である夫は、どこか執拗なところがある。作家志望で、出版社に勤め、影の薄い人間だが、妻が女学校時代に級友から受けた愛撫を問い訊す段になると人が変ったように情熱的になる。会社の印税を少し使いこんだのがばれかけただけで脅えて泣きだすような夫が、ヴァイオリンの先生から指を触れられた話を聞くと「まるで別人のように生き生きして」妻を質問攻めにし始める。

あたしはこの毎晩の質問攻めに会って、おしまいにはすっかり興覚めした顔になっていた。でも、あたしはあの人がこのような熱情を示すことを嬉しく感じている自分に気が附いている。そしてそれを意識すると、(ああ、あたしは何てつまらない《妻》になったんだろう。こう云う風にして、あたしは人生を送ってゆくのだなあ)と云う気持がしみじみと湧いて来るのだ。その気持は、やっぱり少し淋しかった。

初めてこの小説を(恐らく庄野さんから掲載誌を借りて)読んだ時は私は既に結婚していて三十歳に近かったのだが、その時はひとごとでないような生々しい感じだった。しかし、こんど読み返してみると実は大変ユーモラスな小説だったということに気がついた。

この作品は最初から運がよかったそうだ。九州大学で一年上だった島尾敏雄氏(当時神戸に在住)が、「単独旅行者」で世に認められたのちに、手紙で、

「やっと君の小説を薦められるようになったから、五六十枚のものを書いてくれないか」

と庄野さんに言ってきてくれた。それは丁度奥さんがヴァイオリンの稽古をまたしてみようかと、ケースを取り出していた時期だった。そういうことを素材に、結婚して自我を失った若い妻の話にしようと思った。夫の方は会社の金を少し使いこむというシチュエー

ションにした。そうしたら、これまでなかなか書けなかった小説が、溢れ出るように一週間で書けてしまった。本当のことに即きすぎないのがよかった。

運がいいのはそれだけではない。書き上げて神戸の島尾氏に預けた原稿が、また幸いにも「新文学」の編集長が東京へ旅立つ直前にその手に渡った。その頃編集長の方でも新人の原稿を求めていたところだった。——

このノートを書くにあたって、以上のような話を庄野さんから聞いた。「愛撫」が発表されたのは昭和二十四年「新文学」三・四月合併号である。

この作品はまだ「つき」が続いて、昭和二十四年の「群像」七月号の創作合評に採り上げられた。青野季吉・中山義秀・荒正人という三氏の鼎談の中に「近代小説に一番大事な一つの眼がない」という指摘がある。

青野　近代文学に一番大切なことは、この作者がそういうことを描いているという自分をみる眼、その眼が必要なんだ。
中山　けれどもそれは理窟にすぎて、このような作風の作家は可哀想です。作家というものは、作品をある程度まで書いてゆくと、感情が自動的に流れてゆきますからね。

別にそれに答えてという訳ではないが「抑制について」（昭和二十五年五月六日、夕刊新大阪）というエッセイで、庄野さんは「作品の中でいかに人間を捉えるかという点で、僕は一つの疑問を感じている」と前置きして、「突き離す」という言葉が従来からリアリズムの合言葉のように用いられてきたことに対する不満を述べている。

人間を描くことは、「作中人物に対する作者の愛情をどのように処理するか」に懸ってくる。もともと作家が一つの対象を選ぶ理由は、必ず愛情でなければならず、その場合に作者の眼の位置と対象との間に「真実を誤たずに捉え得るだけの距離」を置くことは、「いうは易く、これを知ることは難い」が、そのために愛情を抑制する智慧と忍耐の心を、これから学んで行きたい、と。――

「愛撫」がこうして創作合評に採り上げられたためか、雑誌「群像」から小説の註文が来た。

「で、私はその年の夏いっぱいかかって『舞踏』と云う五十一枚の短篇を書いて送ったが、それが翌年（註　昭和二十五年）の二月号に掲載された。『ブトウ二ガツゴウニケイサイ』と云う電報を後に編集長となった有木勉から受け取ったのは、あと二日でお正月と云う時であった。私は大阪に住んでいた。『愛撫』が出た時も嬉しかったが、この電報を受け取った時は本当に飛び上るほど嬉しかった」（昭和三十一年「群像」十一月号「『舞踏』の時」）

前作の「愛撫」は妻の目から見た、自分の上の夫の影だ。この作品ではカットバック式に一行あけては夫の目、また一行あけては妻の目、という風に視点が切り返される。夫婦の心の映り合いを描くために庄野さんの編み出した二元描写である。そのあとに続く「メリイ・ゴオ・ラウンド」「スラヴの子守唄」もやはり同じ描き方で、ただし切り換えがもっと頻繁で自在になる。

山本健吉氏が『愛撫』の書評でこの点に触れている。

「『二人ぐらしのうちなる愛』が主題なのであるから、作者の目は必要に応じて、あるいは夫の立場に立って、夫の目にうつる妻の感情の動きを捉え、あるいは妻の立場に立って、妻の目にうつる夫の行動のエゴイズムを捉える。このように、カメラ・アイが自由に妻と夫との間に受け渡しされるということは、私小説家のリアリズムにあっては、ありえないことなのであるが、庄野氏のように、夫婦間の愛情に主題を限定し、陰陽の両極間に張りわたされた感情の微妙な反映のリズムを捉えようとする者には、きわめて効果的であり、作品に一種の自由な流露感を与えることにもなるのである」（昭和二十九年「文学界」三月号）

この「二元描写」について、現在の庄野さんの意見は消極的であった。

「舞踏」の時は自分で思いついたいい方法だと思ったが、あとになって思えば、物体に光を当てて向う側に陰影ができる時、影の部分は見えないけれど、見えないことによって却ってはっきり見えるものがある。だから、片手落があっても、一つの視点から光をあてた方がいいと思うようになった、と。

つまり、「二元描写」は、この連作にだけ有効で、そして必要欠くべからざる方法だった。ここはあやうい均衡を保つ二人称の世界だ。鎖された世界のあやうさが作品の構造自身に含まれて、あわれに美しい。実は私が初めて読んだ庄野さんの作品は次に触れる「メリイ・ゴオ・ラウンド」だが、最初に魅きつけられた作品は（発表されて数年のちに読んだ）この「舞踏」である。

「家庭の危機というものは、台所の天窓にへばりついている守宮《やもり》のようなものだ。」

これが書き出しの言葉だ。

「夫は妻を愛し、妻も夫を愛しているが、それでも夫は一人きりの気楽な生活を夢想すること多く、妻はまたつねに故知らぬ孤独感に苦しんでいる」

「愛撫」に較べて、こんどは夫のエゴイズムがしばしば糺されている。役所勤めの彼は同じ課の十九歳の少女と恋に陥った。それにも関らず、或いはそれ故にこそ、彼は心の中や、また実際に言葉に出して妻に説き聞かせる。だからといってお前に不満があるわけではない、と言う。お前には子供という生き甲斐がある、と言う。そして最後には、自分だけを見つめるな、誰もが孤独で自分の不幸に耐えて生きていることを知るべきだ、と説く。

身勝手で狡いが、そんな夫に自ら「これが人生だ」と説教させるアイロニーをこめた設定自身が、結婚して自分を何もかも喪ってしまうような「愛撫」の妻への「反立」だ。そうして二つのモティーフが対位的に進行したあげく、長いトンネルから出たように、とつぜん鮮やかな夏の夕日がこの家を細部まで浮び上らせて、目をみはる思いがする。二階の天井から色とりどりの小さな手製の提灯がぶら下り、折畳式の椅子と丸テーブルが見える。ビイルとコップがある。巴里祭の日の空を背景に食事を囲む夫婦の姿が印象深い。下へ降りた妻がポータブルの蓄音機を提げて上ってくる。

「ダンスしませんか?」

「ウイ・マダム」

美しい夕映。――

最初にバックナンバーの雑誌で読んだ時は、この陰翳深い幕切れのあとに、妻の失踪(もしくは死か)を示す数行があったと思った。それも含めて、私は読後「哀切」という様な種類の美しさに打たれた。

四年後単行本に入れるに際して庄野さんがその数行を抹消したのは、余韻を重んじたことの他に、「生」を描いて行こうとする作家としての文学上の決意の表現であるような気もしている。たとえばこの「舞踏」の半年前に書いた「わが文学の課題」というエッセイで、庄野さんは自分の文学の主題を、過ぎて行く短い夏のさかりを惜しむ心に譬えているが、「舞踏第一版」から不幸や死への予告や限定を取り払ったことは、まさにその詩心に適ったやり方だったと私は今思う。「巴里祭の日から今日でちょうど十日になる。一年中で僕の一番好きな季節である」と、そのエッセイは書き起されている。

しかし、と僕は時々思う。こんな風に僕は生きているけれど、これから先、幾回夏を迎えるよろこびを味うことが出来るのだろう？　僕が死んでしまったあと、やはり夏がめぐって来るけれどもその時強烈な太陽の光の照らす世界には僕というものはもはや存在しない。誰かが南京はぜの木の下に立って葉を透かして見ている。誰かが入道雲に見とれて佇ちつくしている。そして誰かがひゃあ！　といって水を浴びているだろう。しかし、僕はもう地球上のどこにもいない。（略）それを思うと、僕は少し切なくなる。

そして、そのような切なさを、僕は自分の文学によって表現したいと考える。そういう切なさが作品の底を音立てて流れているので読み終ったあとの読者の胸に（生きていることはやっぱり懐しいことだな！）という感動を与える――そのような小説を、僕は書きたい。（昭和二十四年七月二十五日、夕刊新大阪）

「群像」（昭和二十五年四月号）の創作合評で宇野浩二が、二階と階下をうまく書き分けている点を「味をやっている」と褒め、読売新聞のメモラビア欄（同年二月七日）でも白井明（林房雄氏）が採り上げて、「近ごろのあまりに散文的な小説にくらべるとこの小説はたしかに一つの『詩』である」と賞讃した。「舞踏」を書いた頃の庄野さんは、のちの時代に較べて審美家の要素が強かったと思われる。また家庭を描いて夫が小人物に設定される傾向も、この時代の作品に限られる。

「メリイ・ゴオ・ラウンド」（昭和二十五年「人間」十月号）は発表の時期から言うと、「スラヴの子守唄」より遅いのだが、短篇集の中では先に置かれている。作中人物の心理的な時間として、「舞踏」に続くのはこちらだろう。

大学生の頃、本郷三丁目の本屋でこの小説を立ち読みしたのを覚えている。その頃私は太宰治を愛読し、自分も小説を書こうと思い始めていた。

庄野さんは私の小学校と中学の四、五年先輩であり、また小学校（帝塚山学院）の院長先生の三男だったから、顔と名前だけはよく知っていた。話したことはないが、重厚で、折目正しく物を言う感じの人だった。（それは私の先入観では「小説家」とは一番遠い性格だった）その限りでは初めて読む庄野さんの小説は、いかにも庄野さんらしくはあった。

——若い妻が夫の書斎でヨットが帆走する写真を眺めている。

かなり傾斜した白い帆の下、ちょうど逆光で暗くなった船体の部分には、人間の姿が見えない。眺めるうちに胸のあたりが、不意に痛むのを感じて妻は写真から眼をそらす。

結婚してから五年。妻はもう幾度もこのような苦痛に襲われたことがある。その苦痛が最も深く、最も持続することが長かった或る時期に、自ら生命を断とうとした。薬が僅かに致死量に足りなかったことが、彼女と夫とを世間にありがちな家庭の悲劇から救った。

「生活というものは、感激的なものではない」

夫は妻に向って、時々こう教える。だが妻にはそれが納得できない。単調な生活、無為な繰り返し、世の妻たちなら年を重ねるにつれだんだん諦めや抵抗力を作ってゆくものを、彼女にはそれが出来ない。

だから、せめて日常茶飯の繰り返しの中に詩的なよろこびをみつけだそうとするのか、彼女は知らず識らず現実を自分の美感で造型し直そうとする傾きがあった。つまり無意識のうちに身のまわりに蜘蛛の糸を張りめぐらして、それに引っかかったどんなちっぽけな虫でさえも、美しい蝶やとんぼであるかの如く思いなす習癖が生じていた。

ある日、二頭の馬に乗った男の子が菜園の前の道にやって来た。兄の方は中学生、弟は小学六年生くらい、二人とも鞍を置かずに乗っているのだ。クローバーを食べている馬に近づいて、妻はそっと腹の所に手を当ててみた。するとずいぶん熱かった。

夕飯の時、妻は早速この話を夫にきかせた。

「鞍なしで?」

夫が尋ねたのは、この一言だけだ。

（ああ、また始まったな）

自分がてもなく魅きつけられそうな話を、妻から話しかけられると、夫は却ってうとましく不機嫌になってしまう。――それは夫が本来妻とよく似た性情を持っているからではなかろうか。妻に先手を打たれた為に、不本意にも自分は常識の側に立たなければならないことが、彼を不機嫌にさせるのではなかろうか。

その晩、妻は夢を見た、白い馬にまたがって、自分が空中を疾走している。空高く上って行ったかと思うと忽ち地面すれすれのところまで下降する。それはまるで、メリイ・ゴオ・ラウンドのようだった。――

「メリイ・ゴオ・ラウンド」は慌しく立読みするにはふさわしくない小説である。ともあれ二十五歳の私には一つ、不服な点が残った。それは、この作品の中で夫が妻から感じたものと同じ種類のうとましさだ。私はこの作品に作者の詩人的な性情がそのまま現われていることを不安に思った。

傾いて走るヨットの写真。

蛍を買う妻。

栗毛の裸馬に乗る少年たち。そして、メリイ・ゴオ・ラウンド。

作中の「夫」がそれらのことを当惑をもって語っているにせよ、こういう言葉がこういう時代に次々に綴られること自体が、まるで満員の買い出し列車に真珠の首飾りをかけて乗りこむように見えたのだ。

その頃私はコムプレックスをたくさん持った大学生であった。私の父は私に学資を送ることを惜しまなかったが、私は親がかりで学校へ行くのが恥ずかしくてバーのボーイ、「進駐軍」のガード、食堂の皿洗い、その他の仕事を転々と変りながら、三年で卒業できる旧制大学の六年目を（まだ卒業の目当てもなく）送っているところであった。そういう職場にいてこそ人間と社会のからくりが弁えられる。小説の種も拾える。酸いも甘いも嚙みわけた人間に変れる。——当時の私は本気でそう考えていたのである。

一方、私は友人と同人雑誌も始めていたが、小説とはコムプレックスの捌け口だとしか思えなかった。即ちそこでは人間の恥部・罪の意識・劣等感・復讐が描かれるべきであった。しかるに庄野さんのは市民生活と詩人的性情だ。私なら一番隠したいひよわな部分を、庄野さんは痛々しく露呈させている。何時刺し殺されるか判らぬ乱世に、腹を出して寝ているようなものだ。とてもひとごとだと見てはおれない。

これが、生まれて初めて接した庄野さんの小説に対する私の感想であった。つまり二十何年前の私のような平均的文学青年には、こんなきれいな文章がこんな世の中になぜ書かれなければならないか訳が判らず、作品全体が非現実的なものに見えたのである。実際は虚無だの実存だのという時代の固定観念に酔っぱらった私こそが非現実的であったのだが。——こんなことを書くのは我が身の愚を嘆く為ではなく、庄野さんがいかに時勢から自由であるかを立証するためである。

ここに（家庭を描こうとする時）作者に最も要求せられるものは厳正なる歴史家の眼である。そして歴史家の眼のみが最も平凡で最も些細な、それこそ池の表面を時折走るさざなみに宝石のような真実の輝きを見出すことが出来るだろう。（略）

そしてその眼は更に単なる傍観者、記録者のそれではなくて家庭というものの持つ宿命的な不幸に対して働きかけようとする善意と明識をもてる眼でなければならない。

（「愛情に満ちた歴史眼を」昭和二十五年六月十五日、同志社学生新聞）

些細なことの中にも真実を見つける「愛情に満ちた歴史眼」は、読み手の側にもなくてはならぬと、当時の庄野さんから言われているような気がする。とりわけ「家庭というものの持つ宿命的な不幸」に対する明識も洞察力も、その頃の私には全く欠除していた。恐らく「先入観」のなせるわざだが、最後に夢の中でフランスの女学生になっている妻が白い仔馬にまたがって、それが何時の間にか空を上昇下降して廻るメリイ・ゴオ・ラウンドのように感じられてくる件りを、日頃の鬱屈した生活の単純な代償として彼女が夢見たファンタジックなイメージ、という風に私は思いこんでしまったらしい。メリイ・ゴオ・ラウンドという文字に目がくらんで、或いは反撥した結果、私はこの夢見がちな妻が鞍の上でずっといい気分を（せいぜい感傷的な心情を）持ち続けていたと思ったのだ。実際は彼女の乗った白い馬は「まるで機械のような素っ気なさで」旋回し、「上昇と下降とが何やらひどく意地悪い感じで繰返されるように」感じられてくる。夫には直接関わりなく、彼女自身に自分の空想世界がそう感じられてくる。

そして彼女は、遠い昔から、幾度もこの感情に親しんで来たことを思い出した。多分、これから先も、この心細さと別れる日は来ないだろう。

書かれた順で言うと「愛撫」から数えて四作目の小説だと思うが、連作として読んでくると、ここで一つ方角が定まる感じがする。しかし、作中の年若い夫のように、「妻の寝顔が、泣くのを堪える時の幼児の表情を浮かべている」のに読者の私は長い間気づかなかった。

「スラヴの子守唄」(昭和二十五年「群像」八月号)も二元描写の手法で書かれた小説だ。ここにも夫の恋人の少女が出てくる。妻のヴァイオリンの稽古も出てくる。但し「愛撫」が早春、「舞踏」が盛夏、「メリイ・ゴオ・ラウンド」が夏から初秋の季感をもつとすれば、「スラヴの子守唄」には晩秋の澄んだ空と落着いて淋しい野の色が漂っている。「愛撫」以来模索しながら一つの主題と一つのスタイルで書き進められた連作が、「スラヴの子守唄」まで来て、おのずから区切りがつけられたように思える。

妻が四国の太平洋岸の町の露天市で買って来た可愛い仔山羊は、一年も経たぬうちに智慧と忍耐を尽してもなお始末に負えぬ、しかもあわれな牡山羊になった。雨に打たれた山羊とは人生のごときものだろうか。「愛撫」の最初のモティーフは、「生活」をなかだちにこのような形で自己否定される。苦い夏、哀しい初秋を越えて、晩秋の明るく淋しい野原の向うからゆるやかな農婦の唄が聞えてくる。健康な年若い農婦がみどり児を抱いてゆっくり繰り返す唄――それは階下の茶の間で妻がたどたどしく二箇月ごしに練習を続けているヴァイオリンの曲なのだが、二階にいる夫はもうその曲をとっくに覚えてしまった。夫が気に入ったらしい素朴で美しい旋律は、作者が世に出る首途に初々しく書き進めて来た四つの清冽な二重奏組曲の終曲にふさわしい。「ザボンの花」や「旅人の喜び」の若い妻の原形、――即ち同時に「桃李」や「静物」の若い父の原形は――こうして美と倫理の切点を核として徐々にかたちづくられていったのだと思われる。

昭和二十六年九月に庄野さんは大阪の朝日放送に入社した。（それまでは旧制今宮中学で歴史、新制南高校で英語を教えていた）まだ開局前の放送会社に入って、教養番組の制作責任者という忙しい位置に在ったためか、年譜ではこの年に作品が無い。翌年も短篇が一つあるだけだ。

しかし、忙しさとは別に、この頃庄野さんは作家として、ある転機にさしかかっていたのかも知れない。

「会話」(昭和二十八年「近代文学」八月号)はほぼ二年間の空白ののちに、放送会社に勤めながらまた書き出された一連の小説の一つで、もう「二元描写」は使われず、かつての夫婦小説の澪を作者はこちら岸から逆に見直している感じである。

私は同じ頃同じ放送会社に入り、すぐ庄野さんの班に配属された。中之島の、ジュラルミンをふんだんに使ったビルディングの九階に事務所があった。最初、部屋の入口からのぞいた時、かっぷくのいい庄野さんは真白なワイシャツの袖を少したくし上げ、渋いネクタイをきちんと締めて、書き物に没頭していた。一件一件、確実に迅速に機嫌よく処理して行く熟達した迫力のある管理者の風貌を庄野さんは示していた。先ず驚いたのは、その庄野さんが自分のことをためらわずに「作家」と称していることであった。会社の中でも誰にもはばからずにそう言って、少しもじめじめしたところが無い。これが「メリイ・ゴオ・ラウンド」の作者かと、私はすこしびっくりした。

(今思えば、迫力のあるなしにかかわらず、庄野さんにとっては作家であることが、いつも自分の本質にかかわる唯一の方法だったのだ)

庄野さんは、その夫婦小説の「夫」のように影の薄い人には見えず、それどころか話すことによってこちらまでが鼓舞されるような人柄であった。小説家とは顔が青くてコムプレックスに満ちているという先入観を、間もなく私は訂正しなければならなくなった。「会話」の中に、ドーヴァー海峡横断競泳に優勝した六人の子持ちのエジプト陸軍中尉ハサン・レーヒム君四十一歳の写真のことが出てくるが、これは庄野さん自身の好みと志を示すもののようだ。のちに短篇集『愛撫』と『小銃』（小島信夫氏の著）の合同出版記念会が、東京東中野のモナミで開かれた時（昭和二十九年一月）、庄野さんは立って、自分をレーヒム中尉になぞらえて、

「四つの梨と蜜とコーヒーと紅茶で元気を回復、最後の十二分は、クロールで力泳また力泳」

と、両腕で水を掻かんばかりに元気な挨拶をした。

連作としては六作目の「噴水」（昭和二十九年「近代文学」一月号）も「群像」の合評で好評だった。堀辰雄を思わせると言う評者に対して、それよりもっと大人っぽく人間くさい作品だという反論があった。

これまでは互いに相手の心に関わっていた夫婦の触角が、ここでは家の外側に——塀の高い洋館にひっそりと住む気の狂った奥さんとそれを守る主人の動静に、向けられている。

以上六篇の夫婦小説を坂西志保氏は、「愛撫」で追いつめられた妻が、続く五篇では「どのような方法で苦しみをまぎらし、脱出しようとするか、それに夫がどう答えるか」

を描いている、と要約している。(「週刊朝日」昭和二十九年一月二十四日号、週刊図書館)「愛撫」から「噴水」までに四年八箇月かかっているが、「その間に私の小説に対する考え方は大分違って来たように思うし、また少しも変っていないところもあるように思う」と、庄野さんが単行本のあとがきに記している。そしてあとの三作(「恋文」「喪服」「流木」)も「最も私らしい作品であるという点では私の初めての創作集に入れるにふさわしいものだと思う」と書いている。

「恋文」は昭和二十二年十二月に「新現実」に書いたものに手を加えて二十八年「文芸」四月号に発表した。

兄弟の名前がここでは本名で出ている。作家の庄野英二氏が次兄、長兄は鷗一氏と言った。作中の「僕」が女専の校舎から流れてくるピアノの練習曲を聞きながら大きくなったようだという、その家も現存している。

その「僕」——遥か年上の女専生の「成熟しきった身体から発散する匂いのよいものに当てられると、ひとりでに浮き浮きして、取り乱してしまう」僕が、私の目にはおなじ負け戦さに倒れた同志のように見える。

「恋文」はのちに「喪服」と共に昭和二十八年前期の芥川賞候補に挙げられ、選後評で佐藤春夫、岸田国士より賞讃された。

「喪服」(昭和二十八年「近代文学」一月号)には自然堂《じねんどう》の息子、という人物が出てくる。

かつて高校のマントを着て、「私」の裏の家の美少女をしばしば訪ねて来た人物だが、今は紡績会社の課長になっていて、狂言回しの役目を演じている。ただし本当の狂言回しは「時間」と「運命」であって、「前の年の秋に死んだ私たちの父」を悼む心が、この作品の奥にあるように思われる。こんど読み直して初めて気がついた。

さいごの「流木」（昭和二十八年「群像」十二月号）は聞き書きに基づいて出来た。庄野さんがある時期、毎日ある人から話を聞いていたのを私は覚えている。一日分のノートが取れると、庄野さんは果物の生ジュースを必ず飲んだ。それで元気をつけて、家に帰ると原稿用紙に向って一日分を書き上げた。

失恋の物語だとは承知していたが、

「いまむずかしい所へさしかかっているらしい」

と、ある日モデルの人間が庄野さんの身を気遣うように私に告げた。どこがどうむずかしいのかは聞かなかったが、佐藤春夫はこの作品を評して「これはあらゆる失恋というものを公式化し、典型化して見せたような一種のお伽噺なのであろう。（略）その単純化の中に失恋というものと現代の空気とがあるのに気がつかなかったらこの作品は味わえまい」（昭和二十九年「文芸春秋」三月号、芥川賞発表）と述べている。「流木」もまた昭和二十八年下半期の芥川賞の有力な候補になった。

主人公の青年は最後に睡眠薬を飲んで加古川に身を投げる。しかし、流木のように岸に打ち上げられ、そのまま野道を歩いて家に帰り着く。

「その日からまる一と月の間、彼は寝込んでしまったが、その後は再びもとの丈夫な身体にかえった」

と、庄野さんは書き終えて、朝日放送の東京支社に転勤した。

以上九つの短篇をおさめた『愛撫』は、多くの人に注目された。目にふれる限りでも井上靖（「婦人公論」）・坂西志保（「週刊朝日」）・杉森久英（東京新聞）・寺田透・十返肇（読売新聞）・山本健吉（「文学界」）氏らの書評がある。どれも好評で、多くの評者が九篇中「愛撫」を第一等の出来だとしている。

寺田氏は、庄野さんは対象の「中に入るのであって、描写しているのではない」と言う。

その場合の対象とは「人の心と、日常的な形のある生活」だが、「その実生活経験の案に相違した深さや人柄の大人っぽさが読者の視野に陰を投げる。庄野氏の作品を唯美的な心理主義と思うのは間違いである。あれは大変人間臭いものだ」

そして『小銃』の著者小島信夫氏と二人をならべて寺田氏はこう言う。

「ふたりについて、共通に言えることがある。ふたりとも喜劇的才能を持っている。そして人生に対する懐疑や詠歎が、かれらの制作衝動にとって重要な刺戟になることはない。

（略）かれらの精神は一皮剝けている。だからかれらの書くものには喜劇の味が出うるのだが、これは資質の問題というより、精神史の課題だろう。というのはぼくには精神史をもふくめて歴史の過程はつねに、それまで隠れていたものが剝き出しになって行く過程と見えるのだが、ふたりの作品は、日本の近代小説史の中のその一例証をなすと思われる」

（昭和二十九年二月六日、図書新聞）

第三章　プールサイド小景

第二創作集『プールサイド小景』は、表題の短篇によって著者が芥川賞を受けた直後の昭和三十年二月二十五日に、みすず書房から出版された。あとがきの中に、第一創作集の「『愛撫』との違いは、私がやっと托して書くということを覚え始めたことだ」と庄野さんが記している。ほぼ同じ意味のことを、昭和二十八年十二月二十日の東京新聞「新人発言欄」に庄野さんは次のように書いている。

私には恐らく、世の批評家の排撃する経験的リアリティへの愛着が、かなり強くひそんでいることを自覚する。

とは言うものの、私は自分がこれまでに書いてきた数少い短編小説が、そのような自分の本来の性向によって書かれたものでないことを認めている。それらの作品を書く場合に経験的リアリティにひかれるのと同じくらいの強さで、作者を反対の方向へ引張ろうとする力が働いていたのである。

その結果、私が苦しまぎれに、全く自分流に編み出した方法がある。それは、私の一連の夫婦小説に用いられた。

ところで、私は今や、その方法を破棄して、一歩前進すべき時期に来ているように思う。つまり私は真にノヴェリストになるためには、私の中に根強くひそんでいる小説好きでない気質を強引にねじまげてしまわねばならない。(前出「経験的リアリティ」)

庄野さんの言う「ねじまげ」の第一号は「紫陽花」(昭和二十七年「文芸」四月号)であろう。但し全くの創作ではなく、珍しい幼時体験を持つ人が思い出したことを断片的に書いてくれて、それに基づいて書いたという。最初はそういう環境に育った人とは知らなかったのだが、複雑な家庭に育った女の人の持っているものに惹かれて、それだけを書きとめてみようという気になった。——庄野さんからそのように聞いた。放送会社に入ってから——というよりは二年前の「メリイ・ゴオ・ラウンド」以来、はじめて書かれた作品で客観的な、つまり「小説らしい」小説である。

ある日、放送会社のあるビルの一階の書店に出たばかりの「文芸」を庄野さんが買ってきて、それを借りてこの短篇を読んだ。

感想を求められた時、私は宝石箱をひっくりかえしたような作品だと言った。それはどういうことかと聞かれて、私は考えてから、部分部分がきれいすぎてリアリティーが無くなっているようだと答えた。

それはどの箇所を指しているのか、と庄野さんが重ねて訊ねた。活字の上をはっきり指で示して欲しいと、まるで画家が自分の画について語るような態度で糺《ただ》されて私は忽ち困惑した。これまで小説についてそのように具体的に指でここそこと示すような人を私は見たことがなかった。「きれいすぎる」文字があるような気がしていたのに探してみると一つもない。私は答えに窮した。

庄野さんは穏やかに、一度ぼくの小説をみんな精読してから批評してくれや、と言った。

あとでまた触れることがあると思うが、私はその後間もなく帝塚山の庄野さんのお宅を訪ねて、「愛撫」や「舞踏」や「スラヴの子守唄」の載っている古い雑誌を借りて帰った。

庄野さんと私とは家が同じ方向にあったから、会社がひけると土佐堀川のほとりを歩いて同じ地下鉄に乗って帰った。時には酒を飲む為に途中下車をすることもあった。その帰りの地下鉄で、ある日「黒い牧師」のあら筋を聞いた。女ばかりの家庭へ、病身の母親の為に指圧療法を施しにくる牧師の話であった。手が脂で濡れているような（そんなことは庄野さんは言わなかったと思うが）気持の悪いその人物に、庄野さんは非常に興味を抱いているように見えた。これまでに小説を書く仲間の中で、自分が描く人物についてこんなに興味と愛情のようなものを注いでいる人間はいなかった。方法や主題について語っても、人物の動作や癖などに情熱を注ぐ者は無かった。庄野さんの話は極めて具体的で確信に満ちていて、まるで既に書き上げた小説を説明して貰っている感じがした。小説というよりはむしろ映画の説明に近かったが、それがふしぎな魅力に満ちていた。

庄野さんが「黒い牧師」を書き上げたのは、間もなく朝日放送東京支社へ転勤してその翌年の春頃の筈である。（昭和二十九年「新潮」六月号に掲載）以上の二作にまつわる私の記憶は、作品以前に作者自身の「経験的リアリティへの愛着」がどんなに強くひそんでいるかの証明にもなりそうだ。

不幸な幼女と「父」との関わりという点で、「三つの葉」も前の二作とよく似た感覚の現われている作品だ。不幸な幼女の硝子の切り口のような感覚を、この頃庄野さんは重ねて描いている。「三つの葉」は昭和三十年七月、「小説新潮」に発表した。（その後昭和三十八年河出書房新社より出版された『旅人の喜び』に収められた）

昭和二十八年九月東京西郊の石神井公園の近くに居を構えた庄野さんは、翌二十九年には勤めの傍ら七つの短篇小説を発表した。そのうち「黒い牧師」を含めて「臙脂」（「文学界」二月号）、「結婚」（「文学界」十月号）、「プールサイド小景」（「群像」十二月号）と四作が庄野さんのいわゆる托して書いた作品だ。

「臙脂」は「ニューヨーカー」の短篇、といった感じがする。

妻にとって、夫がなぜ臙脂色の眼鏡に買い替えたのか判らない。それはずっと判らないままである。咎められても夫は何の説明もしない。読者も妻の観点から、同じように憶測し、いぶかるけれども答えは貰えない。前の「二元描写」のところで触れた庄野さんの言葉によれば夫の心は影の部分に入ったのである。

「結婚」はのちの短篇「道」（昭和三十七年）につながるものだ。ここでもパン職人の妻豊子は、夫やかつて肉体関係のあった「大将」やその奥さんが何を考えているのか判らない。

パン屋の奥さんにはなるものではないと、「豊子」は思っている。共働きの豊子が夕方家に帰って来る頃に夫はパン工場へ出かけて行き、朝になって家へ帰って来た時は、「一夜のうちに身体中の精気を全部パン焼きがまに吸い取られてしまったようにしおれて」見える。

こういうパン職人の生活を大阪帝塚山のパン屋を紹介して貰って、庄野さんは実際に見に行った。パン焼きがまの前でラジオをつけて働いている人、歌謡曲を聞きながら粉をこねている人たちの姿を見て、それを、芯になる別の聞き書きの話と合成し、なお想像で補って一つの世界を作った。恐らくこれが庄野さんにとって最初の「現地取材」であろう。店に住みこんでいる人が何々ベーカリーと書いたパンの木箱を箪笥代りに使っているよう

な所にその時庄野さんは強く心ひかれた。そして、

「ぼくの経験しないことを、非常な意気込みをもって書いた」

と、語っている。

必要に迫られての取材であったけれども、この時庄野さんの目が、外に向って開かれる状態にあったのだろう。のちのち庄野さんが名も無い人、体を動かして働く人々の日常の生活の隅々をとらえたすぐれた仕事をたくさん残すことになるわけだが、その直接の出発点は、こんな所にあったのかも知れない。「ねじまげ」られた経験的リアリティへの志向が新しい出口を探りあてたのだ。

書き上げるのにずいぶん手こずりはしたが、こうして一つの「話」を作ることが出来た余勢を駆って、庄野さんは「プールサイド小景」にとりかかったという。

前作の「結婚」と同様に、聞いた話から作り上げようとしたのだが、こちらはそううまくはいかなかった。経験していないことを、「粘土をあっちつなぎ、こっちくっつけるようにし」して、約束の一箇月後に書き上げて届けたら、「苦労の甲斐がありました」とすぐに編集長から電話がかかってきて、嬉しかった。——

「プールサイド小景」は昭和二十九年「群像」十二月号に掲載され、翌年一月庄野さんはこの作品で第三十二回芥川賞を受けた。

こんど調べてみて、五十二枚という枚数が意外だった。私は内容の重さから、もっとず

っと長いものと思っていた。作中の会社の中の風景や情緒の描写には、庄野さん自身の大阪と東京での会社勤めの体験が投影されている。主人公は、早く会社に出た朝、誰もいない事務所の椅子の背に、そこに坐る人間から滲み出た油のようなしみを見る。また仕事中に便所へ行く時、白い封筒がビルの暗い廊下の透明な郵便受けの中を通り抜けて行くのを、淋しい魂の落下のように見る。――

その頃本社は忙しく支社はひまだった。東京支社時代にひまをもてあまして庄野さんは時々浅草へ行って芝居小屋に入った。「しかし、昼間からこういう小屋へきている客の一人として、まわりをながめると、会社に勤めている身でありながら、何やら失業者のような気がした」と、「作品の背景」(東京新聞、昭和四十三年一月九日)という文章の中に記している。

「何という、うっかりしたことだろう。いったい自分たち夫婦は、十五年も一緒の家に暮していて、その間に何を話し合っていたのだろうか?」

快活な課長代理夫人の目には、夫の生活や心情が見えなかっただけではなく、自分の過してきた時間、自分の毎日さえも見えていなかった。その夫が会社の金を使いこんで免職になるということでとつぜん時間の運行が停止してみて、はじめて今自分は何をしているのだろうかと不安になる。

そしてこの夫婦が、プールサイドの他の人々(コーチの先生や電車の中の客や、また読者自身）の目には、「生活らしい生活」を送っている幸福なカップルに見える。「日常にひそむ深淵」をさりげなく描いたということで、この作品の評価が定まったが、見る人と見える物とが、日常という画面に静止して配置されることで、その位相の裂け目が一層明らかに提示されている。その点では、一聯の夫婦小説が、技法としてもここで一応完成されたように見える。

「（『プールサイド小景』は）僕に初めてと云っていいほどの苦痛を味わせた末に生れた作品で、そのことだけでも僕は今回の受賞をうれしく思う。

だが、何にもまして嬉しかったのは、発表のある一週前に脳血栓で倒れた母が、幸いにも危険状態を脱した時に受賞の知らせを聞いたことだ。このことは、僕や僕の兄弟に取って、まことに印象深いことだった」（「感想」昭和三十年「文芸春秋」三月号、芥川賞発表）

受賞の知らせを、庄野さんは「プールサイド小景」の舞台でもある、大阪帝塚山で受けたわけだ。なお選後評に瀧井孝作氏は次のように書いている。

「この短篇は、うま味が多い。読みながら不安の心持が惻々と迫つて、やはらかい美しい文章で、香気のやうなふくいくとしたものがある。手法も、心にくいやうな、立体的に新鮮に目に映る、映画のモンタージュのやうな巧妙な所がある」（「庄野氏を推す」同上芥川賞発表）

「十月の葉」は昭和二十四年「文学雑誌」七・八月合併号に載せ、のち書き直して昭和二十九年「ニューエイジ」一月号に発表した。

のちに書かれた小説「前途」には竹山の名で何度も出てくる戦地からの手紙の主が、この主人公と同じ人物らしい。「最初に同じ教室で会った日から何処となしに（風を受くる十月の葉）の趣のあった」友人武波が軍隊に入ってから送ってくれる手紙の文章を「つなぎ」に、庄野さんは「その屈折度を測定し」、「彼の美観の強靭さに対して敬愛の念」を素直に述べている。それがこのエッセイ風の、庄野さんの資質に即した小説の骨子である。庄野さんはいつか彼が死ぬかも知れぬと思い、その時は彼の書簡集を作ろうという心づもりをしていたそうである。しかし、友人は戦後シベリヤでの抑留生活を終えて無事に郷里に帰った。

「団欒」（昭和二十九年「文芸」六月号）、「伯林日記」（昭和三十年「文芸」二月号）、「桃李」（昭和二十九年「文学界」六月号）、以上「プールサイド小景」の前後に、殆ど時を同じくして書かれたこれらの作品に触れて、「作家としての私を内側から支えている性情や精神について、その一面を示すもの」（『プールサイド小景』あとがき）と、庄野さん自身が述べている。「一月十二日の記」「雪・ほたる」といったごく初期の作品から引かれた水脈が、しばらく夫婦小説によって消されたかに見えたが、地下の流れ水が絶えなかった証拠にこうして地上に音立てて流れはじめたわけだろう。

「団欒」は母堂が戦争中の最も印象深い出来事として「いつも一つ話のように繰返してい

た話」に基づいている。庄野さん自身がこの作品について簡潔に要約している文章があるのでそのまま引用する。

「『団欒』は、二十年一月に比島に赴任するために千葉県の館山砲術学校を出発した私と、軍刀を届けるために大阪からやって来た私の母と妹が、いったんはすれ違いの憂き目にあうが、やっと東京の宿屋で会う話である。

その時の一部始終を母は戦後になってからもよく私たちの前で話した。母にとってはこれほどスリルに富んだ旅行はなかったのであろう。私も今のうちに書いておかないと細かなことを忘れるかも知れないと思って書いた。」（昭和三十九年八月二十五日、読売新聞「私の戦争文学」）

「伯林日記」は、父君の八箇月にわたる欧米教育視察旅行（昭和二年）の日記体の手記を元にした小説である。作中、「真野」が「皆川教授」の下宿で昼寝の途中に「四郎」の夢を見るが、庄野さんのすぐ下に四歳で亡くなった四郎という弟さんがあった。そのくだりは元の日記では次の様に書かれている。（四郎に関する記述はここには無い）

「少し時間があるので二人、ソファにもたれて本をよむ。雷鳴がして夕立になる。二人とも居眠りを初める。中途で横を見ると勝川君がゐない。探しもせず目をつぶつた儘疲れて私はソファの上に横になる。しばらくして起上ると勝川君は次の部屋のベッドの上で眠つてゐた。目をこすり乍ら、報知新聞の古いのをもらつて共に大村少将を訪問する。ミユンヘンへ行かれて明晩帰館の由。それで支那飯屋天津料理の方で夕食をして、公園のベンチで色々と身の上話をする。労働者らしいのが紙袋二つをさげ横に座つたが夕食のパンをパクツキ兼ねて又あちらへ行つた」（庄野貞一著『十八ヶ国欧米の旅』）

この著書は日記に解説と写真を加えて構成したもので、引用文に見られる通り具体的かつ簡潔で、庄野さんのいわゆるヒューマン・ドキュメントの身近な実例である。「伯林日記」で、その亡き父上の足跡を辿ったことは、丁度同じ年輩に達した作者が父の文章を鏡に自分の源流を探り確認する作業でもあったと思われる。時間的には、この作品は「桃李」の半年のちに書かれたが、筋道としては母をたずね、亡父をたずね、而して「桃李」の世界に進み入るということになる。

「桃李」については庄野さん自身が、「『父』の精神、或は『家長』の精神とも言うべきものを自己の内部に発見してゆくおどろきを表現したかったのだが、徹底しなかった」（『プールサイド小景』あとがき）と書いている。この小説は「私」の東京転勤による、一家の引越しの晩から始まる。大阪の、「私が生れて三十年間育って来た馴染深い町」から、「森と空にそびえ立つ木立のむれとなだらかな起伏のある畑に囲まれた武蔵野」の一軒家に引越すことによって、「私」はいやおうなしに一つの家庭の長になって行く。ただし安岡章太郎氏の言葉によれば、「それは僕自身、あるいは他の友人達の背負っている家庭とはちがって、真白なページに

印刷された感じのする家庭」（昭和三十年「三田文学」五月号『プールサイド小景』書評）

なのである。そこは、

「何となく日本というよりはむしろアメリカの家庭に似て、ここにはたとえば牧場や枯草の臭いや白木のがっしりしたベンチもあり、それらの背景の中で作り物ではない人物がしっくり溶け合った動き方をしている」のであるが、この小説は、「そういう環境（白いページ）の上に書かれて、はじめてハッキリとわかるものが描かれているのである」（同右）

——都心にある勤め先から夜、家に戻る時、新米の族長アブラハムは、一族や知人の多い大阪の街中の家に帰る時とは違って、

「自分があの門燈の照らす地点に到着して玄関の戸を叩く瞬間まで、私がこうして門燈を見つめながら一歩一歩近づいているということを家の者は気が附かないのだ」

という不思議な感じに襲われる。

それはつまり、「私」が初めて「わが家と外界とを区別して」考えたということだ。「私」がこれから創るものと、「私」がこれまで属していたものとが、出発点に於ては等質であるという認識、また心の中で「等価であらねばならぬ」と決意されていることを示している。

平林たい子は「桃李」と「団欒」の中に「いわゆる私小説の変貌」を見て、次のように批判している。

この小説にうたわれている家族親和の美しさは、日常道徳としては、昔から賛美されていたもので、芸術家といえども何かに抵抗しつつ日常生活は、その道徳の支配下に、在らざるを得なかった。が、作家はいつその抵抗を全部すてて、芸術の上でも家族親和の日常道徳とこんなに完全に妥協したのだろう。(昭和二十九年五月三十日、東京新聞文芸時評)

自分の経験に照らしてみて、多分これは、この小説に驚いたり批判的であった人々の平均的な反応であったと思う。日本の近代文学の主題は、家の圧迫からの個人の解放、自我の確立のための抵抗であるとよく言われて来たが、右の批評に安岡氏の「白いページ」説を重ね合わせると、庄野さんが日本の文学の流れのどこからその歩みを始めたかが判ってくるような気がする。安岡氏は、また別のところで、庄野さんの資質について違った側面からこう書いている。

庄野潤三について一つだけハッキリと言えることがある。それは彼が孤独な魂の持主だということだ。彼が肉親について、あんなに多く語り、しかもタクミに語ることが、その証拠である。僕ら日本人の習慣には他人の前で身内のことを語るということが、そう沢山はない。だからたとえば彼がその出版記念会の席上、父のことを、兄弟のことを、妻のことを、子供のことを、語り出すとき、ある者は眼をマルくして驚ろき、またテレ臭さがって下を向いたりするのである。ところが、語りはじめて一、二分もたつと、もう大抵の者が彼の話の中に引き入れられている。安心して顔を上げる、どころじゃない、笑ったり、感心したり、手を拍って喜ぶという有り様である。これは並々の者に出来る芸当ではない。肉親に対してさえ一旦はその心を遮断し、その上でもう一度見直すことの出来る者にだけ許される芸だ。（角川文庫『プールサイド小景』解説より）

井上靖氏も、庄野さんの第一創作集『愛撫』以後の諸作にみるスタビリティと対象を見守る眼の確かさを指摘した文章の中で次のように述べている。

檀（一雄）氏に紹介された初対面の時、氏は肉親のことを語っていた。私はそれを聞いていて、立派だと思った。肉親のことを虚心坦懐に語り得る人は非常に少い。大抵苛酷な批判者として不必要に突き離してしまうか、でなければ多分にかばって話すものである。（略）氏は非常に仲のいい令兄のことをよく語るが、私は兄弟の親しさといったものには驚かない。たゞ、その語り方の淡々とした中にこもっている暖かさに触れると羨望を感じるのが常である。肉親をそのように語り得るのは庄野氏の作家としての稀有な稟質である。肉親ですらも正しく語り得るのに、どうして他の人物を語り得ないであろうか。(昭和三十年「知性」七月号「庄野潤三について」)

これを庄野さんの言葉で言えば、大きな愛情に満ち、傍観者、記録者のそれではなくて家庭というものの持つ宿命的な不幸に対して働きかけようとする善意と明識をもてる、何ものにもたじろがぬ勇気のある「歴史家の目」である。——史記の「桃李不言、下自成蹊」という諺から多分採られた題名は、以上の意味をこめて作者自身の決意を示すものでもあろう。——間もなくその「目」が、「ザボンの花」をひらく。

第四章　ザボンの花

この暖くて「事件」のない型破りの新聞小説は、昭和三十年の四月から八月まで、日本経済新聞に連載された。作者にとっての最初の長篇である。最初の単行本は翌三十一年七月近代生活社から刊行された。

正確な記憶ではないが、これを書いていた最中庄野さんが冗談に「before breakfast novel」と呼んでいたように思う。早起きの庄野さんが朝食前に三枚の原稿を書いて封筒に入れておくと、やがて新緑に煙る木立の間から社旗を立てたオートバイが勇ましく走って来るのが見えたそうだ。

庄野さんはオートバイとは入れ違いに、麦畑や欅の木立や釣池の間の小径を抜けて、石神井公園の駅から有楽町の会社へ出勤する。翌朝また早起きして一日分を朝食前に書く。そういう生活が何箇月か続いた。

「朝飯前」に楽々と書けたかどうかは知らないが、農夫が朝露を踏んで一日分の草を刈るように、庄野さんはあのがっしりした体で机に向い、武蔵野の朝風の渡る部屋で一日分の原稿を書きとめたわけだ。その日課は、いかにも小説の内容にふさわしい。

題名の「ザボンの花」は、作中の矢牧夫妻が少年少女であった時代、つまり大正終りから昭和初め頃にうたわれた童謡「南の風の」(北原白秋作詞・草川信作曲)の歌詞、

南の風の吹くころは
朱欒《ざぼん》の花がにおいます

に拠っている。「赤い鳥」の童謡運動の結果生まれたモダンな匂いのする、伸び伸びとした歌のしらべが、この小説の土台にある。

練馬区南田中町——当時は「遠くに森や雑木林や竹やぶや、それらのかげにある農家や、ところどころに新しく建てられた住宅」の見える麦畑のそばに庄野さんの新居があった。私が初めて訪ねた頃はまだ上水道がなくて、井戸から汲みたての冷たい水をご馳走になった。庄野さんはこの「地球の水」が自慢のようだった。

矢牧はこの井戸水を飲む時、自分の生命が地球とつながっている気持がする。他の人

間が飲むのを見ても、ベル（註　犬の名）が飲むのを見ても、そういう気がする。それは、とても気持のいいものだった。

安岡章太郎氏が「桃李」について「大阪にそだった彼には東京は辺境の地であり、それこそは彼の得意とする『フロンティーア・スピリット』を展開すべき舞台」（昭和三十年「三田文学」五月号）と述べているが、「ザボンの花」の麦畑の中の矢牧家こそは、庄野さんがいまその中にいてまさに創りつつある新しい家庭の一面であった。

連載が始まったのは東京へ引越して満二年になろうとする春で、当時は奥さんと、小学二年生の長女、三歳の長男の四人家族だった。

その前に書かれた「桃李」や「バングローバーの旅」にも東京移住の話が出ている。「桃李」では東京へ着いた夜、二歳の長男が突然「カエヨーカエヨー」と言って泣きやまず、「バングローバーの旅」では、大阪の街中から不便な畑の真中に越してきて万事心細く、主婦の佳子は子供がまといつくのを一日中叱りつけて、夕方になると声が涸れて怒る気力もなくなる。

「一年たったが、彼女にはどうしてもこの都会は親しめなくて、彼女は少し意固地に関西の言葉を変えようとしなかった」

とある。

ところが「ザボンの花」ではこのようなネガティヴな面は切り捨てて、家族が新しい土地や風物に適応して行く過程が記されている。そんな言葉を使ってよければ、あるデフォルメ——倫理的というより寧ろ美的な——がここでは行なわれている。

（千枝は）家の中を走りまわり、子供を叱りつけて、御飯の支度をしているうちに夜が来て、一日が終ってしまうわが身が、さびしく思われてくる。（略）時々、ふっと、（つまらないな）と思うことがある。

だが、しかし、思ってみても、それは仕方のないことなのだ。

と、切り換えて、眼を前の方へ向け直して叙述が続く。本当は容易ならざる選択と決断があるのだが、それは表に出さない。坂西志保氏の言葉を借りれば、「人間はどう生きるべきかという大きな問題と取組みながら、それを自分の心の中に秘めて、生活を愛し、はぐくみながら筆を進めて行く」（昭和三十一年九月三日、読書新聞書評）のである。しかし「人間の恥部を赤裸々に」という在来の小説観から、当時の私などは、これを単純に「きれいごと」のように見ていた。そして、明るい家庭の些事が新聞小説に書かれるということにただ驚いていた。

芥川賞受賞直後に連載の依頼があった時、これから文芸雑誌に作品を書かねばならぬ時期だからと、庄野さんは一旦断ったそうだ。しかし当時の筒井芳太郎文化部長（故人）の熱心な慫慂《しょうよう》に打たれて引き受けることにした。筒井氏からは少年少女小説をと言われたのだが、それは自分には書けないから、大人から見た子供の姿動作を努めて書き、同時に一緒に暮している比較的年若い夫婦で成り立っている家庭というものを書いてみたいという気持で筆をとった。

「面白くしろというような注文もなし、全く書きたいように書かしてくれた。ぼくとしては楽しい仕事で、力作を書こうと思ったりせず、その時書き棄てのようなつもり、本にすることも考えていなかった」

連載の約二十年後に、庄野さんはこう語っている。

連載の翌年単行本にまとめられた時、吉行淳之介氏がこれを評して、「小説の形をとったエッセイ集とも言えないことはない」とし、読者に迎合せず「むしろ作者の本質とか主張が強く感じられる完成度の高い文学作品になっており、しかも新聞小説としても好評を博した」ことを評価して、「これは驚くべきことであり、稀な現象である」（三一書房刊「友愛」読書案内）と述べている。

前年の「プールサイド小景」が「不安」を描いて評判になったのに較べて、もっと日常を肯定的に描いたこの家庭小説は当時文壇一般では殆ど注目されなかった。その上、無欲に書かれた小説らしく、最初の出版社がすぐに潰れてしまい、この本は忽ち絶版になった。

だが、この作品は蘇り方もユニイクであった。先ず作品の一部が中学の教科書に使われだし、次にあかね書房刊「少年少女日本の文学」(昭和四十三年)に収められて陽の目を見た。経済紙の読者といい、子供たちといい、小説に対する先入見のない人々に先ず支持された点が注目に値する。

私に関して言えば、この小説は時を隔てて読み返すほどに面白くなってきた。時々声をあげて笑ってしまい、以前はこんなに笑ったかなとふと考える。この、だんだんに判ってくる面白さの正体は一体何だろう。

庄野さん自身は近代生活社版のあとがきで、英国のヒュウ・ウォルポールの「ジェレミイとハムレット」という筋のない小説を面白く読んだことを述べ、ジェレミイ少年が妹の誕生日に「ロビンソン・クルーソー」の絵本を贈ろうと買ったものの、時間が経つにつれてだんだん妹にやるのが惜しくなって、とうとう別の物をやってしまうというエピソードを紹介した上で、

「ザボンの花」を書く時、私はたとえばこの「ジェレミイとハムレット」でウォルポールが英国の家庭の、部屋の中とか廊下などの空気を私たちに感じさせてくれたような具合に、私も自分の書くことが出来る範囲で、ある時代のある生活を表現してみようと思

った。

人が読んでどの程度に興味のあるものであるかどうかは深く問わず、ただ一生のうちに書くとすれば一番いいと思われる時期にこれを書いた。

と、記している。

しかしここには、日常生活の記述を越えてあらわれ、伝わってくる何かが確かにある。やどかりが夜中にカツーンと落ちる音。大人の想像も及ばぬような、子供たちの「道草」のコース。セザンヌの絵のように、何気ない音や色合いの叙述の中に、一瞬深い存在の影を感じ、作者のレンズを通して読者も何かを発見する。この作品は「静物」「夕べの雲」以下の作品群の、大事な起点のように思われる。

第五章　バングローバーの旅

短篇集『バングローバーの旅』（昭和三十二年六月、現代文芸社）は庄野さんのものの中でも毛色の変った本だ。九篇中、少なくとも六篇は「ザボンの花」に並行して書かれ、残る三篇も翌年（昭和三十一年）春までに書き上げられた。

この時期の私は比較的のびのびと書くことが出来た。自分の文学の源泉のようなものを掘って行きながら、自分にふさわしい新たな領域を求めたいという気持であった。
（あとがき——昭和三十二年四月）

「ザボンの花」連載の終りに近く、庄野さんは四年間勤めた朝日放送を退社した。最初の二年間の大阪本社時代、庄野さんはよく自分の読んだ森鷗外、チェーホフ、ヘミングウェイ、コールドウェルらの主として短篇の面白さについて極めて具体的にかつ惜しみなく私たちに語り——というよりは説得し、しばしば庄野さんの率いる文芸教養係は、同人雑誌の仲間のような観を呈することがあった。その頃の庄野さんは鷗外の「百物語」や「追《つい》儺《な》」を賞讃すると同時に「ハード・ボイルド」という言葉も大変気に入っているようだった。班は男五人、女二人の小さな世帯だったが、そこには活気に満ちた自由な雰囲気があり、活気の源泉はいつでも庄野さんの中に在った。庄野さんを訪ねて、若い作家が会社へ現われることも私たちを快く刺戟した。先ず富士正晴氏、当時神戸にいた島尾敏雄氏、東京から阿川弘之氏らが来社した。そのうち、のちに第三の新人と言われることになった人々とも庄野さんは親しくなった。それから東京支社に二年勤めて、庄野さんは筆一本の生活に入った。

会社自身も若々しく、私たちは日々の刺戟と多忙にとりまぎれていたけれども、庄野さんの中の抽象能力ともいうべき才能は、その間の体験からいつのまにか「会社」「サラリーマン」の本質を抽き出して、「プールサイド小景」のほか「雲を消す男」「机」などの作品に定着させた。

武田泰淳氏は「モノガタリの形式」（昭和三十年四月三十日、東京新聞）という一文で、「雲を消す男」（昭和三十年「文学界」五月号）を含めた幾つかの寓話的な小説を、「だらしなく平板な描写に手脚を投げ出す」風俗小説にひき較べて、「物語ることの哲学性、構成

を主体化しようとする工夫、色彩の統一された文体」に於てすぐれていると賞讃し、

「庄野はおそらくアンリ・ルソオ風、童話風のやわらかみのある悲哀が描きたいのだ」

と述べている。

ただし、雲を消す超能力を持った博士に救いを求めた日常の困難に悩む二人の男——憎い上役に苦しむ若いサラリーマンと、妻がいなくなってしまった中年男——は、自分の経験を離れたものではないと庄野さんは語っている。


たまに仕事が出来て、外へ出かけると、外へ出かけている間というものは、絶えず不安に苛まれていた。それはつまり、その間空っぽになっている自分の机のことが心に懸かるからであった。

自分の机に自分が居ないということは、不吉なことであった。それを誰かが見ているというのも、なお更よくないことであった。

たとえ会社の便箋に漫画を描いている者でも、そうしてともかくも席に着いている者に対しては、上役は一目置いているというような気持に誰もがなっているのであった。

一目置いていないにしても、少くとも非難を浴せないということを承知していた。

(「机」)

「机」（昭和三十一年「群像」四月号）も、電車の中でうっかり読むと、思わず噴き出してばつの悪い思いをするおそれのある小説だ。机・椅子という物自身の性質に迫って行くこと――つまりサラリーマンの本質をあらわにすることが、なぜこんなにおかしく、かなしげなのだろう。

「薄情な恋人」（昭和三十年「知性」七月号）は少年時代の「私」の、骨折損みたいな恋のてんまつが描いてある。

「fall in love with だれそれ」の、だれそれが恒に女性の名前であり、フォールするのはいつでも男であるという固定観念（もしくは怨み）は、少なくとも昭和二十年以前の若者には共通の苦役の如きものであった。しかも落ちてはならない薄情で低俗な対象に限って、私たちは陥ってしまったのである。その事情、由来が、まるで幾何学の定理のように（夾雑物を洗い流して）瞭らかに示されている。そして瞭らかになればなるほど、おかしいのだ。

具体的にして論理的という庄野さんの側面が、以上の三作にはよく現われている。

昭和三十年、三十一年は、庄野さんがこれまでに一番数多くの短篇を書いた時期で、ある新聞記事によれば、三十一年一月から九月までの間に於て、庄野さんは十三篇の小説を書き、日本で八番目の多作作家である。（もっとも、日刊、週刊、月刊の連載もひとしく一篇に数えてのことだが）

昭和三十年春、庄野さんは『プールサイド小景』の出版記念会の挨拶に、「自分たちは兄弟三人、馬を並べて西部の平原を進むアクカンである」と言ったそうである。（昭和三十年「三田文学」五月号、安岡章太郎氏の書評より）

「兄弟」（昭和三十年「新潮」五月号）の原型を、私は前述の「文学雑誌」の短篇特集号で読んだ記憶がある。朝日放送で机を並べていた頃、初めて庄野さんのお宅へうかがったが、その時「女専の一つ手前を左に曲ったら屋根裏部屋のついている古い洋館が目標だ。之が亡父の家、その北隣がぼくのとこだ」と教えられた。私は帝塚山三丁目の停留所で電車を降り、帝塚山学院とは逆の府立女子大（むかしの「女専」）の方へ曲って、すぐに屋根の真中から窓のつき出ている洋館をみつけた。年を経て落着いた屋根裏部屋の感じが、かつて読んだ「兄弟」の世界そのままであった。

長兄鷗二氏は終戦直後急逝し、いまの三人のアクカンは次兄英二氏、潤三氏に末弟至氏が加わるのである。四兄弟は「恋文」から「野鴨」に至るまでしばしば作中に登場する。作品にはあまり出てこないが、潤三氏のすぐ上と下に、お姉さんと妹さんがある。

父上は既に述べた通り、帝塚山学院の初代院長であった。学校が出来たのは大正六年で、校舎は古墳と住宅と松林の間にあり、私も小学部に学んだが、その通信簿には、

第一に　力ある人

第二に　力ある人
第三に　力ある人

という、不思議な標語が印刷してあった。これは多分庄野院長の創案によるもので、自由な雰囲気の中でフロンティア・スピリットによる教育が行なわれたことを示している。庄野さんは帝塚山の住宅街の一画、プラタナスをたくさん植えた赤屋根の家に住み、その兄弟姉妹はすべて帝塚山学院に学んだ。

井伏鱒二氏が「恋文」や「兄弟」に触れた文章の中で、次のように述べている。

庄野君の成功した作品には、今までのところたいてい自伝の一部と思われるものが取入れられている。（略）先日、庄野君に逢ったので「例の『恋文』のなかの一景、ゴム管をブルンブルンと振りまわすところは実話ですか」と聞くと、「あれも実際あったことです。」と言った。いずれにしても、恵まれた環境に育てられたものである。たまたま世間には、父母の愛情の手垢で大黒柱のようにつやつやして、雅致ある性根の青年淑女もいるものだが庄野君もそういう部類の人だとしたら、「恋文」のような作品を書くのも必然でなかったとは言われまい。

しかし永い将来のうちには、庄野君も大黒柱を磨きなおしてやろうという気持を起すかもわからない。（昭和三十一年四月二十日、東京新聞「新人作家の人と作品」）

帝塚山学院には男子の中学部が無かったので、小学部の男生徒が大抵そうするように、庄野さんは（そして後輩の私も）上町線で二駅先の大阪府立住吉中学校に進学した。帝塚山組は入学匆々、公立小学校から進学してきた他の大部分の生徒たちから「ぼんぼん学校」とそしられて、一様に肩身の狭い思いをした。「勝負」（昭和三十一年「文芸」三月号）は、その中学時代の話である。

ところでこの「住中」もまた、他の中学や商業学校の生徒から「ぼんぼん学校」と侮られて、街頭で「面《めん》を切られる」ことがしばしばであった。つまりこの作品の中の「私」が上級生の春元とすれ違う時に視線を放さず威力を示した方法を、実は私たちは他校の生徒からいつもやられて口惜しい思いをしたわけだ。面を切り返すだけの度胸が無かったからである。

怯懦《きょうだ》な中学生だった私から見ると、庄野さんは大切なものを失わずに守り切ってこの時代を過した人のように思われる。「ザボンの花」の中には、もっと危ない状況に置かれた主人公の内心の怖れと勇気が描かれている。（第十五章　花火）

庄野さんは住吉中学から大阪外国語学校英語部に進学した。「無抵抗」（昭和三十年十二月「別冊文芸春秋」）は外語時代に、庄野さんが参加した日米学生会議の経験から出来た小説である。

昭和十五年、中国での戦争が泥沼に入り、米英討つべしと大声で人が叫んで廻る時代であった。（この翌年、庄野さんは本屋で立ち読みした詩に魅かれて、伊東静雄に近づいた）

「緩徐調」（昭和三十年「文芸春秋」十月号）はあとに続く「旅人の喜び」を書く動機につながるような小説で、「ビニール水泳服実験」（昭和三十年「文芸」十月号）と共に女の心理を描いている。

ビニール水泳服の縫い目から浸入した冷水が、

「ぱぱぱ！」

と、着ている男を刺す。稲妻みたいな水の勢いは、縫った女の気持を代行するかの如くである。ふだん擬声語を使うことの少ない庄野さんが「ぱぱぱ！」を最大限に活用している。

「プールサイド小景」に描かれた同じプールが、こんな風に軽妙に使われている。

「バングローバーの旅」（昭和三十年「文芸」四月号）では、小説の枕の部分にサローヤンの「ハンフォードへの旅」が出てくる。ハンフォードは、この小説の主人公である日本人の「戦争花嫁」が住んでいる町なのだが、ここで庄野さんが単なる連想やあしらいにサローヤンを出したとは思えない。

庄野さんは終戦後、偶然映画（「人間喜劇」を脚色したもの）を見たことから、このア

ルメニア人の作家が好きになった。それからひと月くらいして藤沢桓夫氏を訪ねた時にその映画の話をしたら、

「サローヤン？　ああ、あれは実にいい作家だよ」

藤沢氏はそう言って、すぐに書斎から一冊の本を持って来て庄野さんに貸してくれた。それは清水俊二氏訳の「わが名はアラム」であったという。「彼の作品は主情的だが、」と庄野さんは言う。「そのセンチメントを支えているものは、人生に対する強烈な肯定の精神であり、同時に虚偽と悪意に対する限りない闘志である。まことに好漢と呼ぶにふさわしい作家である」（昭和二十五年七月一日、夕刊新大阪）

理由はさまざまだろうが、庄野さんの文学上の友人である所謂第三の新人（山本健吉氏が昭和二十八年「文学界」一月号にこの言葉を標題として、前年度の新人評を試みたのが最初の使用例）の中にも、サローヤンを好んでいた人が多いのである。庄野さんは、彼を知ったことで当時どういう風に小説を書いていいか分らなくて困っていた自分が元気づけられた、と別のところに書いている。（昭和四十四年「悲劇喜劇」十一月号）

さて、「バングローバーの旅」だが、これは（サローヤンに較べて）いかにも順序よく辛抱強く手続きを踏んで書かれた散文、という感じがする。

建築家清水一氏は「わたしの小説時評」という文章の中で、「外人と結婚した一女性の何とも言えず心細い姿を描いており、読み終ったら感染してこっちまで少し心細くなっ

た」と述べている。そして彼女は他の戦争花嫁に較べると幸福な境遇にいるのだが、「帰国したミミコが電話口に出て来て、快活だった女学生時代とは打って変る間のびた妙な日本語で話すあたりに最も感じがあり、最後、ミミコのそばで小さい娘が菓子もたべずに泣いている姿などいかにもわびしい」(昭和三十年三月二十八日、読売新聞)

その淋しさが、バングローバー氏とミミコだけのものではなく、この世の中を旅するすべての人のものでもあることが、やがてこのあとの庄野さんの作品(例えば「旅人の喜び」「ガンビア滞在記」「浮き燈台」)の中に色濃く意識されて現われてくる。

第六章　旅人の喜び

「旅人の喜び」は昭和三十一年六月号より翌年三月号まで「知性」に連載されたが、これは庄野さんが小説を書けなくなった時期と重なっていた。単行本は七年後昭和三十八年二月、河出書房新社から刊行された。

この小説では最初、若い女の精神と肉体の相剋を書こうと、「ザボンの花」とは逆に野心に燃えてとりかかったそうだ。フィリップの「ビュビュ・ド・モンパルナス」の影響もあって、ノートも作ったが、

「そんなもの書けるわけがないんで」

と、庄野さんは語った。あとがずいぶん苦しい仕事になったようだ。

丁度一回目の原稿を書いている時に郷里で母が亡くなった。それまで私は母に会うの

を楽しみに帰省していたが、これでその楽しみもなくなった。（略）
　この仕事を続けていた間のことを思い出すと、毎月毎月、同じように難渋した記憶しかなくて、「旅人の喜び」という題をつけたことが皮肉に思われるほどだった。最後に近づくにつれて、私の気持はますますこの題名からほど遠いものになって行った。（単行本あとがきより。昭和三十八年一月）

　ここに出てくる貞子という奥さんは、戦争中に女学校生活を送り、「すれすれの、際どいところで」修学旅行に行けたが、高等科に入るとズボンで通学し、その後魚雷艇の部品工場へ動員された年代である。

「第三の新人は言わば戦争を出発点とした虚脱の世代である。（略）彼等は決定的な青年の時期を、軍隊や徴用工場で過し」という山本健吉氏の定義（昭和二十九年十二月九日、朝日新聞）に従えば、貞子たちは、いわばその婦人版の「第三の新しい妻たち」である。

「スラヴの子守唄」の妻は、夫の愛を得られぬ苦しみから、ある日とつぜん実家に長女を預けて四国の南岸の海辺へ旅して岩の上で「我は海の子」を歌った。「旅人の喜び」の貞子もまた、結婚生活は苦しみ多く慰みが少ないとつくづく現在のわが身をつまらなく思うことがあるが、

「今の生活に必要なものは、それを支える力だ。結婚する以前に考えたり、好んだりして

いたもので現在のこの生活を支える力となるに足りるものは一つも無いと言ってよい」長い間に徐々にそういう気持になって来ている。

戦争中に女学生で日の丸の鉢巻きをして工場へ通った人が、戦後にみなそれぞれ結婚をし、子供を生み、普通の奥さんとして暮している。そういう女の人は、いったいどういう気持で日常生活を送っているのだろう。素晴しいといえるようなことは少しも起らなくて、これでは詰らないと思っているか。いや、これが当り前で、無事なのが何よりだと思っているだろうか。それとも、その両方とも本当なのだろうか。

「旅人の喜び」はそんなことを考えながら書いた小説であるが、このような疑問は、多分、まともな気持で生きている人にとっては、永遠に続くものかも知れないのである。

右は、連載より六年後に出た単行本の巻頭にある作者のことばだが、その言葉を引いて、

「そういう女の人は、いったいどういう気持で、このおそるべき日常生活を送っているのだろう？　平凡に見える私達の日常生活の深淵を見つめる作者の眼玉は、優しいけれども、こわいところがある。まるで、怪奇なメルヘンの世界に曳きずり込むような勁さがある」（昭和三十八年三月十七日、週刊読書人）

これは連載当時から愛読したという林富士馬氏の批評である。林氏は、作者の「難渋した記憶しかない」という言葉が実に意外で、「読者の私にとっては、そういう苦渋の代りに、新しく出発した作家だけが持つ、一種のはずみと、みずみずしさが感じられて、たのしかった。初花の幻想と優しさだけが、何ともなつかしく、美しい」と書いている。

怪奇なメルヘンの世界、という感じの中には、「若い女の精神と肉体の相剋を」という最初の作者の意図が、まだ尾を曳いて揺れているようだ。そのためかどうかは判らないが、ともかく難渋した。

あるいはこういう事かも知れない。難渋したのはただ「旅人の喜び」のせいだけではなくて、第三章のはじめに触れたような、「小説好きでない気質を強引にねじまげよう」としてきたことのとがめが、ここで一時に噴き出した為ではないか。「黒い牧師」「流木」「結婚」「プールサイド小景」以下の成功にもかかわらず、こしらえ上げ托して書くというような作業を本能的に嫌悪する強情な性情の擡頭《たいとう》を、庄野さんが押えきれなくなった。

――

あるいはもっとさかのぼると、こういう事になるかも知れない。多く戦争直後の解放された時期に結婚した若い女たちが、個人と夫婦中心の考え、愛の至上主義という、与えられた新しい価値感にいち早く共感し、これをたずさえて間借りの新所帯へ身を寄せて来たことに対して、迎え入れる方の若い夫たちが実際の（経済的には総じてきわめて貧しい）

家庭生活の中で妻たちと共にどう結着をつけたか、またつけそこなったか。そこに生まれる閉された二人称的世界のあやうさが、(「ザボンの花」の矢牧家にあっては個別的に乗りこえられたものが)「若い女の精神と肉体の相剋」というような一般的な命題に拡散された時の意外な手応えのなさに、庄野さんが途惑った。——

六月某日　知性、書かんとするも書けず終日家にあり。

八月某日　知性、夕方までに五枚。破棄して新しく書き出す。

これらは締切日の日記である。苦渋はますますつのる一方のようで、年譜を見ると連載の終った三十二年二月に「この頃から夏へかけて、かみそりまけによるアレルギイ症に苦しむ」とあり、数箇月間作品を書いていない。その上、この作品が「知性」連載後単行本になる約束でゲラ刷りの校正まで終った矢先に出版社が倒産した。それで最終回の原稿料も貰えず、あてにしていた印税も入らないことになった。

三月某日　顔(左半分)ますます腫れ、目も腫れる。林(富士馬)氏に電話でクロロマイセチンを飲むように言われるが金なくなる。

「野鴨」の中に、玄関へ無心に来た男に、

「カネナイヨ」

と手をふると、向うはびっくりして帰ってしまうという話があるが、ちょうどこの頃のことだそうだ。

第七章　ガンビア滞在記

ある日庄野さんは、

「自分の文学――特にアメリカへ行ってのちに書く作品はみな『ガンビア滞在記』（昭和三十四年三月、中央公論社刊）に含まれているように思われる」

と、私に語った。

本当はギャンビアと発音するというこの不思議な響きの町の名を庄野さんの口から初めて聞いたのは、たぶん昭和三十二年の初夏だったと思う。玄関脇の離れ式書斎で、「地図には載っていないがこの辺り」と教わったが、その時庄野さんはまだ剃刀負けが癒《なお》っておらず、顎に白い薬を塗っていた。

当時、毎年日本の作家・評論家が一年間、ロックフェラー財団の「フェローシップ」でアメリカへ招かれており、前年には阿川弘之氏夫妻が渡米していた。はじめのうちは大抵単身で渡米したが、阿川氏の時から夫人同伴が条件になった。その方がアメリカの生活に触れるに効果的だからということである。そこで庄野さんも、小学生の長女と幼稚園児の長男、前年生まれたばかりの次男を日本に残して行くことを決意したわけだ。財団に提出した研究課題はFundamental thought of family life in the United Statesということであった。

まだ海外渡航に厳しい制限のあった時代で、アメリカへ一年間滞在するというのは華やかな知らせであったけれども、実際庄野さんに逢ってみると、これは大変なことだという気がした。

留学について庄野さんを推薦したのは坂西志保氏で、先方の責任者である人文科学部長ファーズ博士は、日本史の専門家であった。このファーズ博士と最初東京で逢った時に、庄野さんは帝塚山の話をしたそうだ。――自分の父は、いまの自分より少し若い頃、松林と池の間の住宅地に、自然に親しむことを一つの理想として私学を創立し、教育者として一生を終えた。自分も子供の頃にそういうものが頭に入りこんでいるから、できれば自然とまじわれる場所へ行きたい、と。ファーズ氏はうなずいて聞いていたが、二つの候補地を挙げ、最終的にはガンビアを選んでくれた。そこにはケニオン・カレッジがあり、ジョン・クロウ・ランサム氏という「新批評」で有名な詩人の教授がいるという。

「今から考えてみれば、アメリカにもたくさん大学がある中で、ファーズさんはよくいい大学を選んでくれたものだ。——実際に行ってみると、人口六百という小さな気持のいい町でよい隣人に逢えた。——ということは、ここが選ばれた時に既にもう『ガンビア滞在記』ができていたのだ」

庄野さんはそう言うが、たとえロックフェラー財団の保護があったにせよ、恐らくここはまた庄野さんでなければ開かれない町でもあったような気がする。

またこういう風に考えることもできる。庄野さんはかつて大阪を出発して練馬石神井の黒い土の中に井戸を掘り、家族を迎え入れて「真白いページ」の上に一つの家庭を作り上げた。のちには、市街化しかけた石神井をあとに、風荒い多摩生田の山のてっぺんに土地をトし一家を率いて引越している。このような引越し方は、庄野さんという作家のいわば作風であって、ガンビア行きもまた、その庄野さん自身の創り出した生き方にぴったりだ。ガンビアは庄野さんが呼び寄せた町でもある。

私は八月末の出発の日、横浜埠頭へ見送りに行ったが（私はその頃東京へ転勤していた）、真白なクリーヴランド号の乗客の中で日本人は庄野さん夫妻しかいないように見えた。船の中に一歩入るとそこは戦勝国アメリカの匂いが立ちこめ、見送り人の私が先ず心細くなってしまった。スクリューが廻り始めた時、突然米軍軍楽隊がジャズをやりだした。それまではマーチばかり鳴らしていたのに、不意に生気溢れるジャズに変った。最上甲板のメキシコ紳士が腰を振って踊りだし、小さく見える庄野さんがゲンコツで天を衝いた。

さて、ガンビアに着いた庄野さんは、そこで何を見たのだろう。

大学の教員舎宅である白塗りの「バラック」に入ってみると、窓に向って小さな古い机があり、質素な椅子もついていて、「いかにも此所で書きなさいと言わんばかり」であった。そこに坐って、何を書こうというあてもないので、せっせと前の日のことを詳しく書きとめた。誰に逢って、誰がこう言ったと、英語をまじえながら書いて行った。

「何か向うを批評しようという考えはない。淋しい所にいて、心と心が触れ合う。その触れ合いは英語という共通語を通じて行われる。ポーランド系、レバノン系、大学にも色んな人がいて聞きとりにくい英語を使う。地元の散髪屋や食料品屋の言葉も二三割しか判らない。向うはこちらに判らせようとし、また判ろうとする。こちらも同様である。その人間と人間との触れ合いを日記に書く時に、（ただ『親切にしてくれた』という風に概括せず）向うの言った言葉で、なるべくそのまま書いた。そこで自分は毎日を記録しながら同時に、文学にとって大事な訓練を続けていたことになる」

「今読み返すと、英語がうまい工合に日本語に溶けこんでいるため日本的なじめじめしたものが入る余地がなく、また肝腎なことを伝えるために向うも最初から要約した形で話すし、日記につける時いろいろ抜けるから、最小限必要な主語と述語で文が成り立っている。副詞や形容詞がくっつかないために却ってひろがりが出来て、健康で、快い明確さが出た」

これは日記の文体についての感想であって、滞在記そのもののことではないが、のちの書評の「立ち入らず、要素によって全体をえがこうとする態度」という小島信夫氏の指摘（昭和三十四年三月三十日、読売新聞『ガンビア滞在記』評）と照応している。

また、欧米に赴いた日本人が自分と西洋との対決、皮膚や考え方の根本的な違いなどが先ず興味の中心になって、そこから離れられないのと違って、庄野さんは最初からそういう意識を素通しにするレンズで、直接自分にとって興味のある人間だけを見ようとしている。素通しレンズはガンビアで始まったことではないが、こういう資質の人物を、アメリカの静かな小さな大学町へ連れて行けばどういうことになるか。

昭和三十三年「文芸春秋」一月号の、坂西志保氏の文章によって、私たちは滞米中の庄野夫妻の消息の一半をいち早く知ることができる。坂西氏の所へ、ケニオン大学の人々から次のような感謝の手紙が何通も来たというのだ。

「『静かな町に輝く一つの新しい星』と一教授はいい、『東西文化の交流などといういかめしい言葉に私たちは少し慣れっこになっているが、アジアの新風は、そんなカビ臭さを一掃して私たちは微笑をかわし、固く手を握っている』と書いてよこした教授夫人がいる」（随筆欄「アジアからの新しい星」）

南部と東部へ、それぞれ一二週間の短い旅をした外は、九月から翌年六月まで、庄野さんはずっとガンビアにいたきりであった。自分を素材に供する実験場に閉じこもった科学者のようである。のちにまとめられた「ガンビア滞在記」から推測すると、庄野さんがその期間中とりわけよく付き合っているのは、バラックの住人ではインド人ミノー（政治学講師）、教授のうちでは森の「数学者の城」に引き籠っているポーランド系のニコディム老人と、彼をオットンと呼ぶ老夫人、学生ではレバノン系のジニイと、沖縄から来たハワイ二世のトムである。意識的にそうした訳ではないのに、いずれも孤独な感じのある民族の人々を選び、また彼らに選ばれている。これは庄野さんの孤独の反映でもあろう。

昭和三十三年八月、庄野さんはまたプレジデント・ラインで帰国した。産経新聞に、次のような一問一答が載っている。

問　五千枚にものぼる日記をつけられたそうですが。

アハ……、別に数えたわけでもないが、部厚いアメリカの大学ノート八冊、（略）偏見なしに観察したことを忠実にメモしてきました。最後には手首が痛くなって、何にも書くことのない日を願ったくらい。これが小説になるかどうかは、まだわからないが、一冊の部厚い本にまとめたい。

そしてアメリカとは一言で言えば云々という形でなく、あるアメリカ人を描くことでアメリカを考えたいと思っています。（昭和三十三年八月十四日、産経新聞「大言小言」）

まとめるに当って庄野さんは先ず「ガンビアの町を語るのにぜひとも残しておきたいという要素――銀行、ドロシーズ・ランチ、運動場、ココーシング川……などに印をつけて、そこへ季節の移り行きを組み合わせた」

ここでは、日本に残して来た三人の子供のことを絶えず心配する気持や、主人公の人生観や感想などは裏に潜んで、すべてが登場人物の言葉や景色や行事の中に溶けこんでいる。そしてひたすら、何を面白いと思ったか、どういう風に面白かったかということが書いてある。

ところが、こんな限られた交際の範囲の中の記録なのに、思いがけない出来事があったのも含めて、「おのずから人間生活の永遠に変らぬさまざまな要素が記録に入ってきてひろがりが出来、自分が書いたんじゃなくて、先方が書かせてくれた」ような気がするそうだ。

私は滞在記という名前をつけたが、考えてみると私たちはみなこの世の中に滞在しているわけである。自分の書くものも願わくはいつも滞在記のようなものでありたい。

「あとがき」を、庄野さんはこのように結んでいる。「アメリカの家庭生活に於ける基本的な考え方」という研究課題について庄野さんがどのようなリポートを提出したかは知らないが、「旅人の喜び」という題の小説の中で、もしかしたらこの作者が抽き出そうとした事柄が、アメリカでの「滞在記」の中に鮮やかにしかしおだやかにとらえられていることに私は注目したい。作者はそんなことを表立って何も言っているわけではないのに、そこに描かれたアメリカ人の家庭の素描を通して読み手には色んなものが見えてくる。福原麟太郎氏は「その記録の面白さにつくづく感心したとき、すぐに思い浮んだのは、ギャスケル夫人の『クランフォード』という小説であった」（昭和三十四年「週刊文春」六月二十九日号）と評して、これを英国の田舎町の無事な日常を描いた小説――「読んでいると自分のことのようにも思い、つくづく人間がいとしく感じられる」作品になぞらえている。

尤も、たとえば私という読者が滞在記に魅かれてこの町に立ち寄ったとしても、何の変哲もないすげない所だとがっかりして帰るかも知れない。小島信夫氏は前述の書評の中で、「これを読んだ人々は、アメリカというところは、いくら田舎にしても、これだけのものか、もっと色々な複雑なことがあるのではないか、と思おうとするだろう」、しかしついには（自分も南部の白人の田舎町に滞在したが）「日本人から見れば、やはり、ガンビアのようなところがあると、思わせられるところがある」。これが「この滞在記のよさ」で「文学になっているショウコである」と書いている。（傍点も小島氏）

ここで一寸庄野さんの英会話について触れておこう。戦争が終って以来庄野さんが渡米した昭和三十年代の初め頃までは、占領軍の威力のおかげでか英会話とキリスト教が表向き大流行した。そこでフムフムと首をすくめたりwaterのことをワラーと発音するような会話が当時に於て一般的であったが、庄野さんのは違った。放送会社で庄野さんが英語の講座を受け持っていたから知っているが、庄野さんの体を通ると、英語もラムが使った英国風に大阪弁の味わいの加わった、平明で重厚なものになった。それは私のような者にも理解し易い英語であったのみならず、講師であるカナダ人の大学教授夫妻やアメリカ人の宣教師とも深く通じ合った。それは単なる会話ではなくて、「共同の所有」という感じを最終的に与えるものであった。

「ガンビア滞在記」は、庄野さんのアメリカ体験のいわば「正典」であって、ほぼ同じ位の分量になる「外典」にあたる短篇群がある。列挙すれば、「ニューイングランドびいき」(『旅人の喜び』所載)、「イタリア風」(『静物』所載)、「南部の旅」「静かな町」「二つの家族」「ケリーズ島」「マッキー農園」(『道』所載)、「湖上の橋」(『小えびの群れ』所載)、「父母の国」「写真家スナイダー氏」「グランド・キャニオン」(『絵合せ』所載)、ほかに「話し方研究会」(昭和三十四年四月「別冊小説新潮」)、「花」(昭和三十六年四月「小説中央公論」)、「リッチソン夫妻」(昭和三十六年「群像」十月号)がある。主としてガンビアの外で庄野さんが出逢った人や風景に基づく小説である。

滞在記の終りの章に、「私たち」が東部へ旅に出かけているうちに小鳥がバラック前の灌木の繁みに巣を作るという話がある。主人公がガンビアを出発する日が近づくと、この町もまた見知らぬ人々ばかりが目につく見知らぬ町に戻るのだ。眠り姫が永い眠りに就くと、忽ち茨がお城を掩いかくしてしまったように。

「『夏の夜の夢』のせりふではないが、舞台があり、生きている人があり、それがいなくなると舞台がからっぽになって、静かになる。どんなに楽しく過してもそれは一瞬のものという考えが、自分の fundamental な thought になるのだろうか」

と、庄野さんは聞き書きの最後に語った。但し、「最初から人生を放棄して傍観的に見るのでなく、真面目に丹念におろそかにせず生きて行く人だけが、そういう気持を味わうことを許されるような気がします」と。

第八章　静物

「太い糸」（昭和三十一年十二月、「別冊文芸春秋」）、「父」（昭和三十二年「文学界」六月号）、「相客」（昭和三十二年「群像」十月号）はガンビアへ発つ前に書かれた短篇で、何れも庄野さんがまだ父君の家に属していた帝塚山時代の話に基づいている。

小説の中の「父」は、「私」にとって煙たい、良心の審判者で、またある時は恩威ならび行なう農場監督である。子供たちが大人になっても、なお自分の家庭に活気をみなぎらせるように創意と工夫を怠らず、

（畑を耕すのがヒマになったから、今度はひとつ心を耕してやらねばならん……）

と突如、家族全員に謡を習わせようという奇想天外なアイディアをひらめかせたりする。

昔に較べると、多少統制力は弱まっているけれども、しかし最後までこの「父」は家庭

を支える柱であることをやめようとしない。とつぜん次男が戦犯容疑で進駐軍に連行されるという絶望的な局面に立つや、

「わしに出来る限りのことはやってやるからな」

と声をかけ、希望を棄てずにすべてを引き受けようとする。（「相客」）ここに描かれた「父」は、家の長であると同時に、一個の自由人である。

庄野さんの帝塚山の生家もまた、家というよりは、個性的な教育者の父君によって大正時代の赤い屋根瓦の家にはじめられた、新しい家庭であった。庄野さんはそういう出自を、素直に作品の上に現わしている。そこまでは先ず認めて、そこから先の成り行きをつぶさに見つめて行こうとしている。それが特に「桃李」以後の庄野さんの仕事の強さだし、苦しさでもあろう。

「イタリア風」（昭和三十三年「文学界」十二月号）と「ニューイングランドびいき」（昭和三十四年「婦人画報」九月号）は、ガンビア滞在の終り頃に庄野さん夫妻が東部へ旅行した時の産物である。但し、「イタリア風」では東海道線の特急列車の中で、「ニューイングランドびいき」では横浜からサンフランシスコへ向かうクリーヴランド号の中で、前以て主要人物に出逢っているわけだ。ある時間を隔てて二度目に逢った時、前者は夫婦が別居しており、後者は家族一同すべて順調で変りがなかった。いまこの二つの絵を併せて見ると、庄野さんの眼に映っている世界の地平が一層はっきり見えてくるようだ。庄野さんは

「個展」が似合う作家だと誰かが言っている。

しかし、以上五作の中で、短篇集『静物』の中に入れられたのは「相客」と「イタリア風」だけである。この二作が「静物」と組み合わせられ、「静物」・「蟹」・「五人の男」・「相客」・「イタリア風」という風に並べられると、また別な、一層緊密な一つの世界が構成されるように思えてくる。作品集としての『静物』について、庄野さんは次のように書いている。

「私はこの小説（註「静物」）ひとつだけではなくて、『蟹』『五人の男』『相客』『イタリア風』の四つの短篇とそろって一冊の作品集になったものを読んでほしい気持がある。つまり、私は『静物』という作品よりも『静物』という本にもっと深い愛着があるのだ」（昭和三十七年一月二十四日、朝日新聞「わが小説」）

アメリカから帰った庄野さんは、先ず「イタリア風」を書き、次に「五人の男」（昭和三十三年「群像」十二月号）を書いた。旅立つ直前の「相客」といい、すべて暗い題材にばかり心を動かしている。

庄野潤三の『五人の男』は、作者が外からじっと男を観察して行く過程をつづることによって、自然と、作者の孤独（といっても、どの男の心の底にもある孤独だが）を象徴的に浮きあがらせているが（略）この方法では小説というより、詩に近づく。

時間をかけ、後退し、そこからなおも食いついてくる物を、じっと凝視する。凝視することそれ自体が認識であり、象徴世界を作るというやり方。（同年十一月二十六日、週刊読書人）

と、小島信夫氏が書いているのは、まるで後に来る「静物」の世界を予想する言葉のようだ。

年が明けて間もなく庄野さんは「自分の羽根」という文学的感想を書いた。これには要点が二つある。一つは、「自分の経験したことだけを書きたい」――つまり自分の前に飛んでくる羽根だけを打ち返し、自分の羽根でないものは打たないという決意。（人から聞いたことでも読んだことでも、自分にとって痛切に感じられる事柄は「経験」に含める）もう一つは、その羽根を正確に打ち返すために、「落ちて来る羽根を一番最後まで見ること」である。（昭和三十四年一月十三日、産経新聞）

いま要点は二つ、と言ったけれども、本当は生き方に書き方を、見ることに創ることを含ませるのが「自分の羽根」という考え方なのだ。恐らくガンビアの実験によって、庄野さんの資質が自らこのような文学的決意という形にまではっきり姿を現わして来たのだろう。

その年三月『ガンビア滞在記』が初版八千部刷られたのに力を得て、庄野さんはすぐ次の大作にとりかかった。少なくも二百枚位の小説を書くつもりで、高野山の麓の九度山の小さな宿屋へ構想を練りに赴いたりした。六月までこの仕事に没頭したが、生活費が尽きたので、以後は一時休んで他の仕事をしてはまた戻るという風にした。しかし、そのうち一向筆が進まなくなった。

その「合い間」に書かれた小説の一つに、美しい小品「蟹」(昭和三十四年「群像」十一月号)がある。

海へ行く満員列車に何とか子供を坐らせるために、朝早くから駅で列に並ぶ人を、「競争者か敵のような眼で見たり、見られたり」ああ人生も楽じゃない、と書いてある。こういう風に一所懸命海辺へ辿りついて、僅かな休暇を過ごす家族たちの話である。

東京へ来て以来庄野さんは近藤啓太郎氏の紹介による千葉県太海の画学生の宿へ、毎年家族連れで海水浴に出かけていた。その淋しい町の家並みの中に立て膝で女と話している漁師のような裸の外国人を見た。

襖だけで仕切った三部屋続きが、セザンヌの間、ブラックの間、ルノアールの間と名付けられて、それぞれに子供のために朝早く行列して疲れ切った家族が泊っている。おしまいの晩、電灯を消してからセザンヌをはさんでブラックとルノアールの子供たちが同じ節で歌詞の違う曲を歌い合う。

「はさみうちだ」

セザンヌの部屋の男の子が言って、「しーっ」と姉にたしなめられる。――

こういうことが皆実際に起ったのを、庄野さんは「天の助けだ」と言っている。しかし、偶然とか機会ということをまるで専門にいつもレンズを向けている作家でなければ、こんな作品は出てこない。但し、シャッターを切ったままのカメラで起ったことをとらえようという「ベルリンよ、さらば」(戯曲化されて「私はカメラ」)のイシャウッドより、「偶然性の音楽」とか「自然を聴く」という前衛作曲家のことを、この作品から私は連想した。書き始めた物理的時間と並行して進行する作品も、これからのちに生まれてくる。だがそこに至る前に、「静物」がある。

このノートを書き始める前、ある日庄野さんの著書を本棚の右端から出版順に並べ直してみた。その時「静物」がずいぶん右の方に来たのに驚いた。私はもう少し真中寄りだと思っていたからだ。私の中には「静物」で漸く何かが定まったという気持があって、すべてがここに流れこみ、ここから発するように考えていたためだろう。知らない間に、私は庄野さんの全作品を「静物」の位置から眺め、「静物」の眼鏡で味わうようになっていたのかも知れない。

「静物」(昭和三十五年「群像」六月号)は、とりかかってから一年半、追いついてくる家計とも競走しながら、苦心の末に書き上げられた。二百枚という最初の構想は半分に凝縮されて、静かな結晶体のような作品になった。「群像」編集部の人たちさえ、最初の原稿を見せた時にはしばらく声がなく、庄野さんも、苦しんで編み出した新しい形式だったから、これでいいものかどうか、息詰まる気持だったそうだ。「いかようにも読める」「これが小説だろうか」という意見も出て、もう少しテーマが現われるように、とアドヴァイスを受けて、校正刷りにも手を入れて完成させた。

五月初め雑誌に出た直後はそれほど反響はなく、ただ毎日新聞の文芸時評で平野謙氏がひとり激賞した。その批評の内容から伊藤整と平野氏の間の意見のやりとりが六月と七月に二往復、新聞・雑誌に載り、十月に単行本（短篇集）が出て、十二月には新潮社文学賞を受けた。最初から文句なしに絶讃された訳ではないだけに、新しいものが世の中に受容されて行く緊張した時間、最初の火花の触発、それが拡がって行く時の戦きを、私も傍から少しばかり見たり味わったりすることができた。

平野氏は「静物」を、一たんこわれた家庭の幸福を再建する物語と認めた。時評の中に次のような一節がある。

「この作品を読んで、ほとんど反射的に芥川龍之介の『蜃気楼』や太宰治の『桜桃』などの哀切な夫婦関係を描いた作品を思いうかべたが、もし芥川や太宰がこの作品を読んだら、ああ、われあやまてり、と断腸の思いをしたにちがいない」（昭和三十五年五月二十七日、毎日新聞「微少なるものの意味」）

伊藤整は、この作中の家庭の幸福はかなり大きく幸運によって支えられているのではないかと疑いをはさんだが、その限りに於て、やはり幸福を描いた作品と見ている。（同年「新潮」七月号「愛の世界とは何か」）

ところで一方、この小説は日常の奥の不安や危機を示すものとみる意見も多い。三島由紀夫は「庄野氏は（略）平凡な現実を淡々とながめて、そこにちゃんと地獄を発見している」と賞讃した。（同年七月六日、読売新聞「日常生活直下の地獄」）

たしかに「いかようにも読める」小説らしい運命を辿ったものだが、それは著者が（シラーの言うような）「素朴詩人」であるためだろうか。それとも、幸福と地獄が同時に重なって見えるふしぎな視点をここで庄野さんがみつけたせいだろうか。

――たとえば小林秀雄氏は、新潮社文学賞の選後評に「作者の考へ方とか物の見方とかゞ現れてゐるといふより、むしろ作者の手なら手が、差出されてゐるやうで、例へば私が、手相見のやうにこれを見て、たしかな、いゝ手相だと感じるものがあつて、それがユニックなものと思はれた」（昭和三十六年「新潮」一月号）と書いている。

――また、たとえば高橋英夫氏は、これより十二年後に「『経験』の翳り」という題を持つ庄野潤三論の中に、庄野さんは「『経験』というような特定の状態をつくりだし、日常を選択し、作り出し、それによって、平穏無事な、凡庸な日常と（略）『不安』とのあいだに中間地点を設定した」（昭和四十八年「群像」三月号）と書いている。

「静物」が出たあと、放送会社でラジオのドキュメンタリー番組を作っていた私は、録音テープの編集から連想して、庄野さんのエピソードの並べ方・切り方・接ぎ方に興味を感じた。解説を使わないで、実音のテープだけを入れ替えさし替え切ったり貼ったりすることによる表現の面白さが、それにどこか通じるところがあるように思われた。無声映画のモンタージュ理論にも、或いはそういうことが出て来るかも知れないが、明るいレンズで切り取った断片を、非連続的につなぐことの知的かつ美的な爽快感が、「静物」にはある。——私の感想はそこどまりであったが、高橋英夫氏は、庄野さんが「経験」によって作り出した「日常」の断片的イメージ的性格から、「断章が相互に意味を短絡しえないように並べば並ぶほど、いっそうその背後の語られぬ不安をはっきりと暗示するのだ」と説いていて、教えられる所が多い。

「どういう所から、あのエピソードを並べる方法を思いついたのですか」

こんど私は庄野さんに質問してみた。

「それはもう、苦しまぎれから」

と、庄野さんは答えた。

ただし、佐藤春夫から貴重な助言を得たそうである。書けないままに三十四年の後半を過ごしてしまい、年の暮にある記念会で同席した折り「佐藤さんから『どうしているのか』と訊ねられた」。書き悩んでいることを誰かに聞いて知っていたらしかった。そこで今書きあぐねているパン職人の夫婦の話をした。（それは一度「結婚」で描いた夫婦のことで、二年後「道」という作品になった）佐藤春夫は「それがなぜ書けないのか」と重ねて訊ねた。

「書きたいと思うことは幾つもありますが、みな断片になって続いて行きません。それで書き出せないのです」

「それなら先ず書きたいことを1と番号をつけて書く。次に書きたいことを2・3・4……と書いて行く。途中で4が3より前に来る方がいいと思えば入れ替えればいい」

更に、書かないで書けないと考えるのは溝の所まで来て立止るようなものだ、「先ずとんでみよ」と言われた。（註「静物」1章を見よ）その後、「パン屋」を諦めて新しく「静物」を書き出すに当って、

「1・2・3・4……と書いて行くその置き方、一つから一つに移るアレが生命となった。佐藤さんはその時、書きたいことから1・2……と書いて行けばおのずと立体的になると言われたが、深く見ていれば自ら書くものが立体的になるんじゃないかと、ぼくはいま補足して思う」

と庄野さんは言った。

ところで、かつて佐藤春夫を尊敬しその作品を読むように庄野さんに勧めたのは伊東静

雄であった。（戦争中で、九州大学の学生だった庄野さんは、上京する機会をみつけて林富士馬氏に連れられて佐藤春夫に初めて逢いに行っている）

その伊東静雄を追悼する文章の中に、庄野さんは詩人のこんな言葉を引いている。

詩は外にあるものを云い現わそう、描こうとするものであってはいけない。言葉そのものが不思議なニュウアンスをもったもの――思想であり情緒でなければならない。

（昭和二十八年七月「祖国」伊東静雄追悼号）

つまり、詩では言葉は記号として用いられるべきでないと、伊東静雄が昭和二十一年八月のある日、二十五歳の庄野さんに説いているわけだ。「蟹」が音楽的なのに較べて、「静物」はすぐれて絵画的だと私は思うのだが、その印象は題名や一つ一つのシーンから来るだけではなく、極端に言うと活字の一つ一つが絵のようなのだ。――その頃貰った葉書を見ても、もともと象型文字である漢字と、そこから出来た仮名とを、庄野さんは一層単純化してひらいて捺すようにペンで書きつけている。しかも楷書であって、たとえば庄野の「野」という字から、またしても私はセザンヌの風景を思い出してしまう。

「玉堂の（絵）は風流でなくて、風景そのものだ。その点で、玉堂はセザンヌに通ずるものがある」（昭和三十六年「龍生」八月号「青柳邸訪問記」）

これは庄野さんが引用している青柳瑞穂氏の言葉だが、日本の画家なら、「静物」のタッチはさしずめ玉堂なのかも知れない。

まさか活字の形まで手を加えるわけにいかないから、字の選び方と配列によって、間接的な方法によって、「静物」の庄野さんは人物・風景のみならず会話・思想・情緒を視覚化して二次元の印刷文字に変えている。象型文字を、その性質に副《そ》ってうまく使っている。読み手はその活字の平面の向うに世界が立ち上る感覚をしばしば味わうことが出来るだろう。

「静物」は、まさにその言葉の通りに静物なのだ。

> ひとところだけ、臙脂色の小さい紙きれがくっついているのが見える。箱の中に色紙をちぎって入れてあったのだろうか。それとも、部屋のどこかに落ちていたのを蓑虫が自分で拾ったのだろうか。
>
> 二人が蓑虫を見ている間、反対側の出窓では金魚が硝子のふちに出来た水苔をちょっと口でつついては気が無さそうにそこを離れた。

「静物」をここまで読んできた読者は、臙脂色の紙をくっつけた蓑虫を、多分本物を見るよりもずっと鮮やかに、深く、印象づけられて眺めたことだろう。

第九章　浮き燈台

「私は『静物』を書いたあと、ゾウキンをしぼるようにして自分をしぼり出す小説はかなわないと思い、今度は素材を外部に求めたいと考えていた」（「わが小説」朝日新聞、昭和三十七年一月二十四日）

この小説は昭和三十五年に石神井の家で書き出され、翌年川崎市生田の新しい家で書き上げられた。引越しをはさんで十箇月かかった。新潮社の「純文学書下ろし特別作品」シリーズの一つである。（昭和三十六年九月二十五日刊）

本が出て間もない昭和三十六年十月八日朝日新聞読書欄の「著者と一時間」という記事の中に、庄野さんが大きな甕と一緒に写った写真がある。この甕は、籐椅子にゆったり腰かけている持主と同じくらいの背丈があり、ずいぶん重そうに底光りがしている。

三年後に連載（日本経済新聞）の始まった「夕べの雲」の第六章「大きな甕」を読む

と、これが備前焼きの年経た酒甕だと判る。また、庄野潤三全集第一巻月報の井伏鱒二氏の文章と、「夕べの雲」を読み合わせると、これを手に入れた動機とそのごの経過を通じて、「甕」の到来が庄野さんの文学と無関係でないことが判る。石神井から引越すことを決めてのちに手に入れて梱包を解かずにがまんして置いてあったのを、生田で初めて荷をほどき、先ず庭に据え、のち書斎に入れた。

「浮き燈台」を書き出した年に、庄野さんは古備前の焼き物の展覧会を、人に誘われて見に行って、陳列されたすり鉢がすっかり気に入ってしまった。この年まで骨董の趣味など無かったのだが、「ああいう福々しいものを見ていると、貧弱なるものを受けつけなくなるだろう。いいものはすべてあのすりばちのようにゆったりとしているものだ」と、年の明けた新春の随想に書いた。(「今年の仕事」朝日新聞、昭和三十五年一月五日)

さて「著者と一時間」に戻るが、面接記事の中に次の一問一答がある。

——田舎を舞台にして書かれたのは、はじめてでは?

「ええ。アメリカのガンビアにいたとき、スコットランド出身の老人と知り合いになりましてね。その老人は、お国なまりの強い話し方なのですが、コトバは短く、それでいて深い奥行きがあるのです。それをきいていると、日本の田舎ではどうだろうか？　という興味をひかれましてね」

「ガンビア滞在記」の読者なら、これが坂道の途中にあった「ドロシイズ・ランチ」の石工あがりの老主人のことだと気付くだろう。庄野さんに聞くと、あの老主人に限らずガンビア内外に住む人々と話すごとに、自分は日本の田舎のことを知らないから、こんど帰国したら田舎を訪ねてみようと思ったそうである。

帰国後、大阪に住む令兄の庄野英二氏にその話をしたら、つぎに上京してきた時、会うなり「持って来いの村があるから、行って来たらいい。きっと好きになる」といってその場で地図と道順を書いてくれた。それが志摩の安乗であった。画が好きで一陽展に出品していた英二氏がその村へ写生旅行に行った時、ねんねこで赤ん坊をおぶったじいさんが色んな昔話をしてくれた。聞いたとたんに、これは弟に向いている、と思った由だ。

志摩の安乗という地名なら、庄野さんにも思い出があった。これより二十年前、伊東静雄から教わった伊良子清白の詩に、「安乗の稚児」というのがあった。それは、嵐の日に海べりを通ったら、一軒の家に小さな男の子がひとりいて、荒れ狂う海の方を向いていたという短い詩だ。

庄野さんは折を見てその村に出かけることにした。そしてそこで聞いた「いくつかの断片的な話に関心を抱き、それを話す言葉を美しいものに思った」。(前出「わが小説」)

安乗で庄野さんが聞いたのは、船がしまう(難破する)話と、いそど(海女)の仕事の話である。

「あやーあれ、この東風《こち》吹きに高帆巻いて来たが、なーはやなっとしたなかな」

「春二げつ頃でごわしたな……」

「それは何所かと云うと、自分の在所やござんせんの」

たぶん、最初の安乗行きのあとだと思うが、庄野さんはソニーのテープ式録音機を買った。今の簡便なものとは違って重くて大きくて、リュックサックにすっぽり入れるとあとは何も入らない。それを背負って夜汽車に乗って村へ出かけて行った。今から考えると大変だが、その頃は意気に燃えていたから苦にもせずに出発したそうだ。そこで、会話や叙述の中に、いかにも鄙びた言い廻しが、細部まで掬い取られている。たとえば聞きとれなかった言葉をわざと空白に残して、聞きとれないと断ってある箇所もある。しかし、些末にこだわりすぎるような気配はない。

「昔はナマコが落っとった。七八年も前は、芋が落っとるみたいに」

「さぶい。さぶい。さぶいやーがな」

「海の中が炬燵やなあ」

「あーさいとこならいいが、ふーかいとこやから」

「あーい」

「あーいいや」

録音機がたぶん拾った言葉も、直接浜や海の上で拾った言葉も、庄野さんの耳に鮮やかにひびいた音だけが選ばれて、一行ごとが象徴的で、詩の輝きを帯びている。

ガンビアでは、「外国」というものにとらわれないで、この世の旅人の目と耳で隣人たちを見聞きしてきた庄野さんが、こんどは逆に「日本」を、いわばとらわれない異邦人の目で見、耳で聞く順番が廻ってきたわけだ。ちょうど自分の肉親を、一度自分と遮断してからしずかな愛情をもって描くことが出来たように。――庄野さんが自分の日常生活の外側にある「田舎」を書いたのは、この作品の直前に書かれた「なめこ採り」「二人の友」がはじめである。これ以後、庄野さんの目は、日本の古いものや、田舎や、更には都会の片隅での素朴な会話や人のたたずまいに向けられるようになる。それは、大阪に生まれながら古い大阪の町のしきたりや言葉や情緒とは無縁に育った庄野さんが、長い長い回路を経て進み入った道である。書斎の大甕は、それゆえに、庄野さんの新しい転回点に据えられたシンボルだったと言えよう。

この作品から受ける印象の一つは、「経験的リアリティ」への愛着や「自分の羽根だけを打つ」宣言にうかがえるような強い自我意識が、何かもっと大きな自然とか存在とかいうものに包みこまれてしまう感覚である。その感じは、作中の「私」という人物の体験を通じて与えられるところのものだ。「私」のモデル――作者に言わせれば「都会生活の方の材料」を、庄野さんは大阪の放送会社に勤める末弟の至氏から貰った。

何年か前から弟の話に時折出てくる人物がいた。その人の話には、共通したペーソスがある。気の毒だと思うが、こっけいなところがある。

そう思って聞いているうちに、弟は到頭その知人に会って見ないかといい出した。私たちは三人で何度も会った。ところがこの人の話は聞いていると面白いのに、さて書こうとすると何だか頼りなく感じられる。

取りとめなくて、その取りとめないところに私はひかれてもいたのだが全く書きにくい。「どうしてだろう」と私がいうと、弟も「うん。そうかも知れんなあ」といって、考え込む。（前出「わが小説」）


この主人公は不運続きの人で「大事なことほどあっさりと後先のことを考えずにやってしまう性質」がある。その為に兄に不義理をして、母にも気安く逢えない境遇だ。存在そのものが稀薄で、その心はこなごなに砕けている。これはどうしても安乗へやってきて、小安ばあさんのうしろにくっついて「しもうた船」の死者の話を聞いて廻らねばならない人間である。

初めて読んだ時私は三十五歳で、この「私」を安乗へ赴かせるところに、少し強引な合理化があると思った。しかし四十七歳の私は、作中の「私」を通して、よくは判らないが何か大きな存在による癒しを与えられている気持で読み終えた。それは私自身の状態や、境遇の変化のせいかも知れない。しかしそうだとは思いたくない。年を経て読み返して隠れていたものが現われてくるのは、作品の深さの証明ではなかろうか。

では、「私」のその慰めは、どこから来るのだろう。なぜ「私」は死者の話を聞きたかったのか。

「運不運も遠くからこれを眺めると、また違った風に見えて来る。怖ろしいことが美しく、何でもないことが意味あるものに見える」

これは「浮き燈台」の外箱に印刷された著者の言葉だ。本ノートの取材にあたって庄野さんはまた次のように語った。

「両親を亡くしてからの文筆生活の中で、運不運は紙一重の差という気持、ある恐ろしさを伴った不運も離れてみれば美しく見えてくる場合もある、という人生観が、かなり長い時期ぼくを引きつけていた。『相客』『静物』にもそういうものがあり、降っては『雷鳴』の中にも続いている」

佐伯彰一氏はこの作品を読んで「不気味に平静な死の物語」という点で、深沢七郎氏の「笛吹川」を思い浮かべたという。（週刊読書人、昭和三十六年十月九日）生の影の不安の描き手、と言われた庄野さんが、ここではリュックに録音機をかついで、直接不安の根源へ歩み入った。そして死と隣り合わせて生きのびてきたじいさん、ばあさん、いそどたちに逢っている。だがそこで見出したものは、（意外にも）魂の安らぎであった。

私は小安ばあさんと一緒にいる時、自分のお袋を感じているのではないだろうか。（略）村にいる間、どこへ行くのにも小安ばあさんと二人で、形影相伴うとでも云いたいようなのが実は私には嬉しいのだ。

肉親の母のことを考えると私は胸が苦しくなり、他人の小安ばあさんといると心が安らかになるのは何故だろう。

「私」がうどんを食べたいというと、ばあさんはうどん屋の外に立って待っており、いつの間にか代金も払ってしまっている。うっかり「ダシジャコが好き」と言うと、帰りのバスが来るという時に、「ちょっと行って取ってくる」と何度も駆け出しそうになって「私」をはらはらさせる。

そのばあさんが、間を置いてこんど村へ行ってみると元気がなく、「腹が痛うて、気色が悪い」と言う。ばあさんの家の代りに泊った宿の主婦に、「私」が中庭の草や花の名を一つ一つ訊ねる件りがあるが、「医者要らず」という草まで来て、「私」は無意識に、「おなかいたにも利きますか」

と、問い返す。

「ええ」

「葉をちぎって」

「ええ」――

もし、このばあさんの仲だちが無かったら、「私」はここでも慰めを得られなかったろう。そして庄野さんの作品もみのらなかったかも知れない。ところが、「私」も、作者の庄野さんも、小安ばあさんを受け入れ、また受け入れられ得る状態にあった。

この作品には、これまであまり登場しなかった人物（？）が出てくる。それは「神さま」である。小安ばあさんが「私のために」太鼓を叩いてくれた丘の背の船神さんに、その次に来た時は「私」ひとりで太鼓を叩いて拝む。もっとも、「私」が突然信心深くなったわけではない。まえに小安ばあさんが拝んだから、そして太鼓を叩いてくれたから拝んだわけだ。

「ふだん東京にいて、神様も仏様も拝まないで、漠然たる暮しをしている私は、小安ばあさんのそばにいる時だけ信心深くなって、ついて拝む」（「志摩の安乗」週刊読書人、昭和三十七年一月十五日）

ここで私とは、もとより庄野さん自身のことである。新潮社文学賞受賞の言葉を、丁度「浮き燈台」の執筆中に庄野さんは書いているけれども、ここにも神様が出てくる。

「これ（註「静物」）を書くことが出来たのは文学の神様のお蔭のように思える。その神

様は或いは亡くなった私の父であり母であるかも知れない」（昭和三十六年「新潮」一月号）

　考えようによれば、私のような人間でも何か守護神がついていて、分らないようにそっと守っていてくれるのであろうか。

　本文にこのような箇所もある。小安ばあさんの手引で「私」が拝んだ神さまは、運不運の彼方にあって、波に漂う木っぱを照らす「浮き燈台」の光のようなものかも知れない。

第十章　道

短篇「道」（昭和三十七年「新潮」四月号）は、昭和二十九年に書かれた「結婚」の、いわば後篇だ。

女主人公の結婚に絡まって、かつて彼女と肉体関係のあったベーカリーの主人とその奥さん、パン職人の夫などは、「結婚」に一度登場しているが、そこでは客観的に描かれていたのに較べて、こんどは一人称で、女主人公の目を通してもっと複雑な後日譚が語られる。

あの時妊娠していた最初の子供がもう妹の手を引いて保育園へ通うようになっている。「結婚」では子供が出来れば万事うまく納まりそうに見えていたのに、意外や傷は根深くて夫はベーカリーの主人とのこと（六年前の情事）を怒っては何度も家出を繰り返す。結婚以来、妻は大いに自重しているのに少しも運が向かず、却って無口で真面目な夫が腹を立てるのも無理ないようなめぐりあわせになってしまう。家出をされるのも無理ないと、妻自身が思うのだから仕方がない。

先へ先へと夢中になって歩いているうちに何時の間にかもとの道へ出て来たような感じがしないでもありません。そう考えるとがっかりするので、いや、そんなことはないと自分に云い聞かせます。

つらい境遇なのに少しも悲愴に見えず、逆におかしい感じさえする女を、庄野さんは何度か小説の中で素描してきたが、「道」の「私」はその油彩の絵だ。「静物」の項で書いたが、ひと頃庄野さんは自分の経験を核としたあの詩的な世界の代りに、この散文的な何時まで経っても不運と縁の切れない夫婦の話を書こうとして苦しんでいた。そしてある日佐藤春夫に問われて粗筋を話すと、「その題は『埋み火』だね」と言われた。

お店の主人は好きでした。しかし、好きなことはどんなに好きでも、一緒に暮したいとは決して思いません。一緒に暮すのなら、今の主人の方がいいのです。

火に譬えたら、私の主人は埋めてある火で、あっちはイコった火です。にちにち暮すのだったら、長い間当っていられる方がいい。

これでは夫が腹を立てるのも無理ないけれども、妻の感情もごく自然で当然のことを言っているように思われてくる。そのように描けることが、この作品の眼目であり、作者の真骨頂だ。河上徹太郎氏は文芸時評の中で、「この心なき細君の、うやむやな生活のうちに時がたってゆくところが、よく勘どころをおさえた筆で描かれている」が、しかし、この「悪妻小説」が成り立つために「消極的な共犯者」である影の亭主が「同時に描けていることを見のがしてはならないのである」(読売新聞、昭和三十七年五月二十一日)と指摘している。

この作品はイタリアのボンピアニ社から出た「現代日本小説集」にLA STRADAとして収録されたが、何となくイタリア映画に出てくる男好きのする奥さんとランニングシャツのやせ男の夫婦を想わせせられるところもある。つまり、特殊を描きながら、夫婦の典型にまで高められた作品だ。「どこの家庭でも、だいたいは、そのようなジュースをくり返しているものであろう」とは、福原麟太郎氏の批評である。(週刊読書人、昭和三十七年九月三日)「ジュース・ワンか」と夫が若い男を相手にピンポンをしている幕切れの言葉を引いての感想だ。家の苦労、仕事の苦労、主人の家出、過去の情事、変り者の隣人や子供のかわいさなどを交互にうしろに引きずりながら「現在」を進めて行く語りくち——いわばテンスの巧みな織り方は、生活の中の女のリアリティーを支える秘密の一つかも知れない。
それでもなお、庄野さんは「道」を書いた時、「女主人公を『私』とする小説は、安易になるからやらない方がいい」と思ったそうである。そういえば「道」以後に女を一人称で描いた作品の例がない。
短篇集『道』（昭和三十七年七月十五日、新潮社刊）に収められた八つの短篇を、発表順に並べると左の通りである。
「南部の旅」（昭和三十四年「オール讀物」一月号）
「静かな町」（昭和三十四年十月「別冊小説新潮」）
「なめこ採り」（昭和三十五年「文学界」八月号）
「二人の友」（昭和三十五年十月「声」秋季号）
「ケリーズ島」（昭和三十五年「文学界」十二月号）
「マッキー農園」（昭和三十六年「文学界」四月号）
「二つの家族」（昭和三十六年「新潮」九月号）
「道」（昭和三十七年「新潮」四月号）
いま、仮にこの一覧表の右から番号を振ったとして、そこへ中・長篇を置いて行くと、
1「南部の旅」
「ガンビア滞在記」

2「静かな町」
3「なめこ採り」
4「二人の友」
5「ケリーズ島」
6「マッキー農園」
7「二つの家族」
「浮き燈台」
8「道」

という順序になる。庄野さんが目をみはるような展開をみせた時期である。自分の書くものが「願わくはいつも滞在記のようなものでありたい」とは、「ガンビア滞在記」のあとがきの言葉だが、(先の番号で、1・2・5・6・7はアメリカ滞在中の材料により、3・4は日本に帰ってから「ブリッヂストン・ニュース」というPR小冊子のために出た小さな旅から生まれた作品だ) この三年余りに庄野さんが発表した十七の短篇の殆どが紀行か滞在記であることは注目に値する。

佐伯彰一氏は次のような例を挙げて庄野さんの「滞在者の眼」に何がどう映るかを説明している。

「南部の旅」の「私」は、バスから降りたとたんに「ホワイト・ウェイティング・ルーム」と書いた大きな文字にぶつかって、つよい衝撃を受ける。(中部にいた「私」は人種差別を忘れていた)

「衝撃は、しかと的確に描きとめられている。この滞在者の眼は、ことさらに不快さを見逃したり避けたりする訳ではない。ただその直後に『見るからにのんびりした、田舎のおっさんという感じ』のアメリカ人に親しげに話しかけられた話を同じ筆致で描きこむ」

「この二つの挿話の並置で、アメリカの南部が、一種立体的な陰影を帯びて浮び上がって来るのだ、しかもあざとい対照ではなしに。庄野氏は裁いたり判断する前に、まず読者を納得させてくれる」(図書新聞、昭和三十七年十一月八日)

　庄野さんはよく旅先で何かに行き当る。悪い目にもあうけれども、しばしば、好もしい人物に出逢ってしまう。「南部の旅」では防水《ウォーター・プルーフ》という町生まれの運転手、「静かな町」では、自ら飲酒運転をするシェリフらしくないシェリフにでくわす。

「なめこ採り」では話好きの高湯の幸ちゃんと呼ばれる番頭、「二人の友」では三木さん西郷さんという同道者の組合せがよかったし、「ケリーズ島」の酒場の、汚いゲームで十セントまき上げたイタリア系の陰気な爺さんも、あとになって考えるとまるで運命の力でうまくめぐりあえた人物のようだ。「マッキー農園」の若くて逞しいマッキー氏とは、庄野さんが小さな教会で日本の話をすることを引き受けたばかりに、家族同士で親しくなれた。また「二つの家族」では、「桜の園」を思わせる淋しい農家を見た五日のちに、こんどは女ばかり六人の子持ちで、まだもう一人が奥さんのお腹に入っているという賑やかな農家の客になれた。何故こういう人たちが庄野さんの目の前に現われるのだろう。何も探し廻って「取材」したわけではないと、本人は言いたげである。

昭和三十二年、アメリカへ渡る直前に「私の取材法」という囲み記事の中で庄野さんは、自分の小説はひとくちに言えば「わが生活・わが心」ともいうべきものと思っており、（ノートやスクラップも義務として自分に課してはいるが）「取材」という言葉にはあまり馴染まない、と言っている。

「アンコウという魚は海底で眠ったようにしていて頭の真上に小魚が来た時だけ、パックと口を開いて吸いこむそうだが、私はどちらかというとアンコウ的な作家の方が好きである」（産経時事、昭和三十二年五月三十日）

これは「偶然」というものに対する作者の好みと自信を示す言葉だろう。渡米以後の右にあげた実作の中では庄野さんは更に進んで小説の方法として、「偶然」を意識し始めたようだ。いまの私はそう考えているのだが、当時はなぜこういう小説が次々書かれるのかよく判らなかった。

昭和三十六年五月六日から八日までの東京新聞に、山本健吉氏が「私小説をこえるもの」というエッセイを連載して、その中で庄野さんが「静物」の作者であると同時に「マッキー農園」の作者であり得る理由について考えている。（補足すれば、1から8までの短篇が「静物」と連続するかという問題にもなる）

ことの起りは「群像」の創作合評で「マッキー農園」を採り上げた時に、平林たい子が庄野さんには「静物」のような傾向の作品が少なくて、「マッキー農園」のような作品が多いのではないか、と発言したことにある。山本氏によれば、平林は「静物」には無気味な危機感が時折り顔をのぞかせることを「ピカピカッと光るもの」があるという言葉で表現し、後者には「光るもの」がないと言った。これに対して山本氏は庄野さんに「静物」と同傾向の作品も少なくはないと答える一方、右の二作品が異質といえるかどうか、その点に疑いを抱いた。この二つは陽画と陰画の関係にあるのではないかという疑問が起ってきたという。

山本氏は、「静物」は平野謙氏の解釈「一たん失われた家庭の幸福を再建する物語」とは逆に、本質的に暗い話なのではないかと考える。そして作中の夫には、「幸福などということは、しょせん虚妄だとさとった上で、その絶望的な最低の場で、なおかつ最善の生き方を求めようと努めるのが、人間の義務なのだといった姿勢」があると考える。

「言わば彼はヨゼフであり、ヨゼフであることを使命としている。妻を自殺へ追いやった、決定的に不幸な事件のあったあと、彼はそのように自分を義務づけた。どのような時代にも、それが家父長の運命なのである。憂うつな時代の、希望のない生活を地模様にして、作者はここに、エジプトへの避難行をつづける『聖家族』を描き出す。それがこの作品全体に、一種敬けんなトーンを付与している」

とにかく妻子を連れて、どこか知らないがある地点へたどりつくことが大事なのであって、その同じトーンは、

「作者がガンビア滞在中に接した農民たちに、見出したところのものであった。ことにマッキー農園の住人にはっきり認めたものであった」

だから二作品の差は、作者の創作動機が陽性に発動するか、陰性に発動するか、というだけのことではないのか――と。

このような解釈が他のすべての作品の間にも適用できるとは思わないが、いい時期に、（そのあと「つむぎ唄」「鳥」「夕べの雲」と一連の作品が出てきたことを考えると）来るべき庄野さんの作品を理解するために、また一つの新しいレールが敷かれたと言える。（最近のガンビアからの消息によれば、あの元気な、飛行機の操縦までこなしたマッキー氏が心臓を悪くして農園をやめ、療養しながら義父の保険代理店を手伝っている由だ。まるで右の預言を全うするかのようである）

また平林たい子が引き合いに出されてしまったが、当時の読者も「静物」のあとに「なめこ採り」や「ケリーズ島」が続くのには些か戸惑ったかも知れない。私も「静物」のあとは、ある予断をもって身構えていたから、紀行小説といった作品が続くと肩すかしを食

ったような感じがなくもなかった。自分の寸法に合わせて考えると、「静物」を世に問うよりも、そのあとに平明な「なめこ採り」を続けて書くことの方が、なお一層強烈な自恃の力を必要とする行為のように思われる。

「つむぎ唄」(昭和三十八年七月二十日、講談社刊)についても、この章で触れておこう。

三十七年八月から一年間、「芸術生活」に連載されたこの長篇は、山本健吉氏の用語を借りれば、三人のヨゼフの物語である。あるいは三つの顔を持ったヨゼフとその家族たちの話だ。

三人の父親のうちで毛利の顔は何だか庄野さんに似ているし、大原は作家の小沼丹氏、秋吉は吉岡達夫氏にどことなく似ている。庄野さんが練馬区に住んでいた頃は、三氏がこうして「町内会」を時たま催したらしいが、作中各家庭で起ったことや話された事柄は、庄野さん自身の体験を素材としていることが多いそうだ。

そのさまざまな、きわめて日常的な事件や話題のうちに、微視と巨視、地球と人間の関係におのずから触れていることがあるのが面白い。

たとえば、炬燵を入れた寒い日に、南極と北極の氷が溶けたら、と考える話。

地下鉄工事の町かどを歩いて、この街の下にマンモスの牙や二百五十キロの爆弾が埋まっていたという新聞記事を思い出す話。

初めて飛行機に乗る娘と、こんな地球も離れて空から見下ろすといい色合いに見えると話し合うこと。

さびしい海水浴場で、漁師たちが泳ぎ場の底にある石を集めて沖へ棄てている。それを見ながら「どうしておれはこういう情景に惹かれるのだろう」と自問する話。

――父親たちのこのような感じ方、考え方の癖や好みはさすがにヨゼフの名を恥ずかしめぬところがある。そのほか随所で人生についての箴言に出逢うことのできるこの作品は、連作小説の形を取ったエッセイ集とも言えよう。ここでは家の在りかも、捨象してはっきり示してないが、実際には庄野さんの一家は生田の「海抜九十メートル」の山のてっぺんに移り住んで満二年を過ぎ、練馬の土地からひき抜いてきた庄野家の根を、多摩丘陵の土の中にゆっくり下ろしているところであった。そのひげ根が地下にのびて行く過程が、また庄野さんの手帖に少しずつ書きとどめられていた。

「つむぎ唄」は、その意味で、あとに来る「鳥」や「夕べの雲」の備えをなす作品であるとも言える。

第十一章　鳥

生田の山頂に引越した庄野家の新しい家での生活が、小説の中に登場するのは「鳥」が最初である。引越してから約二年間、この家は作品に登場する市民権を与えられなかったようだ。案外これは大事なことかも知れない。「夕べの雲」によれば、この間、主人は風よけの木を植えて四方から吹き寄せる突風を防ごうと腐心し、そのほか雷や害虫など、思いもよらない客たちと一家は応接にいとまなく、「みんな新しい土地での生活の段取りがつくまでは、身体も心も忙しい」のであった。

「鳥」は引越し後満二年と少し経って発表されたが、この時も最初は庄野さんはまだ生田の生活を書く積りはなかった。「大きな楠の木の下」という題で、帝塚山時代の昔の家族が中心になる二百枚近い作品を先ず書いた。

長兄が亡くなって、ここに新しい墓を建てた時（それまではまだお墓がなかったのだ）、すぐそばに大きな楠の木があって、お墓へ来る人のためにいい目印になることを喜んだのは父であった。

長男を死なせて、気落ちして、苦い気持でいる父には、そういうことが僅かに慰めになるのであった。

これは「鳥」の更に一年のちに書かれた「蒼天」の一節だが、未発表の第一稿の題名は、この楠の木から来ている。（「父」は二年後にその墓に入ったと「蒼天」は伝えている）

さて、うまく気持が乗らなかった原稿に手を入れようと思案していた時、庄野さんは、初めて自分の現在を書きたいという気持に駆られた。その気持に副って稿を改め、今の生活を書き始めると、それだけで自分が生き生きしてくるのが判ったそうである。

「鳥」はこんな経緯を経て書き上げられた。「舎前集合、五分後」という不思議な号令で始まる冒頭の活潑に動く子供たちの叙述のなかに、突然脈絡なしに、「あの時、父は寝ている人のように見えた。そうして、そこは彼の知らない部屋だった。父はもう他人任せにするよりほか仕方のない身体になっていた」という二行が割りこんでくる。同じ手法は「静物」にも見られるが、もし図式的に説明するなら、この小説を書き出すまでの経緯がそのまま切断面の地層に残って露出した、と言うことになる。

「静物」の底に妻の自殺未遂（と思える事件）が沈められていたように、ここでは父の急死が錘《おもり》になっている。その錘から、小学五年生と一年生の「小川候補生」たちの訓練や、頬白の死にざまや、それにもかかわらず小鳥に仕掛けるコブツの竹の撓《しな》いを（一度逃げられたので）もっと強くしたらよかったのにと呟く結末の子供の言葉や、父の動きをそっくり真似るちょっと足りないセキセイインコの息子の動作や、その二羽の夜更けの鼾などがつながっている。つながらないような風につながっている。亡父の形見の二重廻しが細君のハーフコートになり、その余り布が知らないうちに中学三年の娘からのクリスマスプレゼントの財布になっていたように。

　川村晃氏は、「死についての想念」と「偶然性から必然性を抽出しようとしている志向」という二つの光源を庄野氏は丹念に操作しながら、現代に生きる人間の平穏無事の面皮をあざやかに剝ぎとった、と批評している。（読書新聞書評、昭和三十九年六月二十二日）

そして、

「読後、色濃い無常観に私は包まれていた。しかしながら、その徹底性のゆえに、それはまた同時に忸怩とした私の日常をうつ神秘的な爽快な一撃ともなっている」と。（同右）

　いま「鳥」の頃を振り返って庄野さんはこんな風に語った。

「あまり死ぬことを考え過ぎていたようで、そんなに思うと本当に死がやって来るから、書き上げてからこれはいかん、死と戯れてはいかんと思い直した」

この作品(の恐らく第一稿)を庄野さんが書いていた頃、私は勤め先の放送会社をやめる決心をした。東京から再び大阪の本社勤務に戻ったのを機会に、会社をやめて小説に専心しようと思ったからだ。そういう決心を手紙に書いて庄野さんに送った。そしたら、まるでボールを投げ返すように「何と軽はずみなことを考えるものか」という速達の厚い封書が届いた。

第一に、文学をやって行く苦しさには想像を絶するものがある。第二に、家族をかかえてどうやって生活して行くつもりか。その速達は父性的な愛情に満ちた豪速球であり、私は受けとめ兼ねて手がしびれた。会社をやめるより、庄野さんを説得する方が難事に思われた。

「鳥」は昭和三十八年の「群像」七月号に発表されたが、前年にはユニイクな「日ざかり」(昭和三十七年「新潮」八月号)がある。「苦しまぎれに断片をかき集めた」と庄野さんは言っている。

「『静物』の頃にノートしていたものの中で、『静物』には適合しないもの。あるいはその他のスケッチの中で、一つではどうにもならないが、棄てるには惜しいものをかき集めた。『冬枯』や『行きずり』ほどには小説的なまとまりを考えていなかった」と。――しかし大事なところへ石を置き進めたような作品である。苦しい雨風に洗い抜かれた末の静かな日ざかりという感じがある。

庄野さんはこの頃、熊谷守一の絵が好きになっている。同じ年六月号の「芸術新潮」の「熊谷守一の回顧展」という随筆のなかに、画家を家に訪ねた折のことを記している。

「私は、今度の展覧会でのしもちの絵だとか樋から雨水が落ちてはね返っているところの絵やなんかを見て、普通、絵の題材にはならないようなものを描かれるので、面白く思いましたと（画家に）言った」

この三年後に、小島信夫氏との対談の中で、庄野さんは熊谷守一の小品を引き合いに、いまの文学が人物や物の輪郭をはっきり取ろうと考えない傾向を持つことに疑いをはさんでいる。

「日ざかり」のスケッチもまた、「普通、小説の題材にはならないような」断片で、はっきりした輪郭を持っている。

「たとえばある会話に興味を持つ、人間のある動作に興味を持つというときには、すでにそれ以外のものを捨てているわけです」

「つまり具体的なものをタイミングよく的確にとらえればそれは象徴に通ずる」（昭和四十年「新潮」十二月号「文学を索めて」小島信夫氏との対談）

こうしてスケッチされた「断片」なら、当然読者に強い印象を与えるだろう。作中、背中のかゆくなったコールタールをまく男の姿は、描線の強い銅版画のようだ。

「ああいうものに、眼がひとりでに行く」

と、今も庄野さんは言う。先の対談の別の箇所でやはり画家の坂本繁二郎の言葉を引いて「生れて初めてそれを見るような物に接する謙虚な態度」が大事だと言っているが、そういう特別の接眼レンズを、庄野さん自身がまた天性持ち合わせている。

「薪小屋」（昭和三十七年「群像」七月号）を読んでいてびっくりした。

題名の「薪小屋」は一体どこにあるのだろうと探しながら終り近くまで読み進んで、「私」が通されたこの部屋が実は薪小屋の改装したものと判ったからだ。安普請のしめった畳の上に一人腰を下ろしている実在感が読む私のなかにいつのまにかできている。

雑誌「旅」のための「天龍川をさかのぼる」という紀行文の取材旅行の帰りに、もう一晩泊った宿屋の話である。ここでも庄野さんはいい人たちにめぐり逢い、その人たちに逢えたことで作品が出来た。

「雷鳴」（同年「文学界」六月号）は聞き書きで出来た。庄野さんが一時、「小説好きでない気質を強引にねじまげ」ようとした努力が、こんな風に自分の資質と一致した方向で結実しつつあった。あとの「流れ藻」「紺野機業場」「屋根」などはすべてこの延長上にあると思われる。

「龍生」という雑誌に庄野さんはしばらく「紀行随筆」というものを連載した。その時のカメラマンが庄野さんによれば、典型的な東京の下町生まれで、「江戸ッ子」などとは口にも出さぬ、控え目で親切で、尊敬の念を抱かざるを得ないような人物だった。この人の話がまたあっさり勘所をおさえていて、庄野さんが好きになりそうな話を、まるでこちらの気持が分っているように話して聞かせてくれた。——

庄野さんは聞き書きを取るに際して、こういう風に頼んだのだそうだ。

「こんなことは小説になるかとは考えずに、何でも印象深かったことを順不同に話して下さいませんか」

そうすると首をかしげていた相手が、（たとえばトウモロコシが気管につまって死んだ子の話のように）いちばん痛切に感じていることから話してくれた。

「子曰く。父母在せば遠く遊ばず。遊ぶこと必ず方あり」

登山好きの主人公に対して、父親が口ぐせのように訓戒を垂れたという「論語」のこの一節は、実は庄野さん自身が家で子供さんたちの山行きを禁止する時に使う言葉の転用なのだそうだ。

これらの短篇を収めた単行本『鳥』は三十九年五月に講談社から出版されたが、これは東京オリンピック開催前夜で、道路や住宅の開発、工場の増設などが一段と盛んになるきっかけになった年である。あとがきに、次のような一節がある。

「鳥」に出て来る沼や雑木林や谷間のある丘陵は、書かれた時には架空のものでなくて、作者の身近なところにあった。ところが、それから一年にならない現在、消えて無くなっている。いまは整地工事のためのブルドーザーの音が一日中聞える土の山となった。

もとより私は、われわれの日常親しんでいる自然の景色が(そこにある人間生活を含めて)そのままで何時までもこの世にあるとは考えていない。ただ、つい此間まで小綬鶏や山鳩の飛び出して来た道が、もうどの辺にあったのかも分らなくなり、見事に無帰してみると、それが灌木の枝や枯草に覆われていつものところにあった時から、既に何か幻の道のような趣きがありはしなかったかと思われて来るのである。

この結語が、そのまま「夕べの雲」の旋律になって行く。

第十二章　夕べの雲

「夕べの雲」の前に中篇「佐渡」（昭和三十九年十月、学習研究社刊）について触れておこう。「徒然草」に大根好きの人が身の危い時に大根に助けられる話があるが、これは日頃梅干・鰹節・豆腐などを人一倍好んで味わう庄野さんが、その加勢を受けて書き上げた小説、といってもよい。

三十九年四月六日から三日間、庄野さんはNHK（ラジオ）で談話を放送している。六日付けの東京新聞ラジオ版の予告に「即席食品時代のなかでふと見なおす梅ぼしやかつお節の味を拾いあげた話」とある。作中に三回分の放送の内容が話し言葉で記されている。「私」録音は一度にとったが、一日目は梅干、二日目は鰹節、三日目は豆腐の話をした。「私」の話がふだん家で好んで食べているもののことを、食べている通りに話した。録音のあとで担当の人が、自分も小学生の時に鰹節と海苔を重ねた弁当を食べていたと言い、「私」の話した梅干に鰹節などをまぶしてつくる酒のさかなの作り方を聴いていたら「唾が出て来て、呑みこみました」と笑う。その放送があって十日ほどして、放送局から「私」に一通の手紙が廻送されてくる。それは放送に感銘を受けて、自分も大いに梅干や豆腐を好む旨を記した未知の老人からのもので、差出人の住所は佐渡であった。かねて日本の田舎の、格別特色のない町へ一週間ほど行ってみたいと空想していた「私」は、手紙の終りに「一度佐渡ケ島へもお出で下さい。九月までです。十月から海が荒れます」というその「九月までです」という言葉に心をひかれ、なぜこの手紙をくれたお爺さんに会うのか、それを考えないで「会いに行くのなら今がいい」と思い始める。

——こうして梅干と鰹節の縁で、実際に庄野さんは同じ年の五月ある朝上野を発って佐渡を訪ね、本名を斎藤龍斎という老人に逢った。（列車に乗る時は、鰹節の入った大きな海苔巻を三つ、「私」は家から持参した）

小説は夏書き上げ、学習研究社発行の『芥川賞作家シリーズ』という単行本に、既作の小説と一緒に、これだけは「書き下ろし」として掲載された。

梅干の肉をちぎって刻んだ葱を混ぜ、醬油を落して食べることを庄野さんに教えたのは、小沼丹氏だそうだ。その話を聞いた途端に、そこへ鰹節と海苔を入れることを庄野さんが思いついた。私は庄野さんのお宅でご馳走になる時、しばしば酒の肴にこれを先ず少量いただく。実においしい。放送の担当者が、聴いていたら唾が出たというのも無理はない。不思議なのは、これと同じものを家で作って食べると、かつて感激したほどはうまくないことだ。ベースになる梅干の差だと庄野さんは言うけれど、それだけではなさそうだ。勧める庄野さんの気合いと、その家族のまどいが足りないと、梅干の方も力を抜くのかと思われるのである。

そして、またこんど小説を読み直すと、やはり唾が出てくるほど、おいしそうだ。ラジオを聴いた佐渡の老人が手紙を寄越したのも、庄野さんが豆腐や梅干を尊重し、そのよさをいつもよく見ているからだと思う。これは豆腐と梅干だけの問題でない。

「夕べの雲」は昭和三十九年九月より四十年一月まで日本経済新聞に連載され、四十年三月、講談社より刊行された。四十一年二月に第十七回読売文学賞を受けている。

最初に、この題名の由来をしるした小沼丹氏の文章を引用しよう。

「庄野の家の傍に大きな浄水場がある。その芝生に庄野が寝転んでいると、真上の雲が美しく色づいて、見ていると刻々と色が変る。それを見ていて、『夕べの雲』と云う題を思いついたのだそうである。その雲を見て、書く決心がついたそうである。いまあるものも、次の瞬間には変ってしまう。いまある生活の一刻も、次のときには消えてなくなる。それは、同じ形で繰返されることは二度とない」（講談社文庫『夕べの雲』解説）

新聞小説なので先に題を考えないといけなかった。雑誌の小説だといつもぎりぎりまで考えるのだけれども、そういうわけにいかない。庄野さんは、同じ日本経済新聞に九年前連載した「ザボンの花」と連関があって、落着きがあって、そして自然な感じのものを、と考えているうちに、「夕べの雲」という名が浮んだ、と語った。

「前途」の項でも触れたが、かつて庄野さんの学生時代に伊東静雄が朗詠してくれた詩に、

「前途程遠シ思イヲ雁山ノ暮雲《ユウベノクモ》ニ馳セ」

という一節がある。また昭和二十二年頃に庄野さんは「夕の雲」という詩も書いている。しかしそれらの「ゆうべの雲」とは少し違う意味を含めて、この題が選ばれた。

さて、題名が定まって、ひびきが口によい。「ザボンの花」の時と同じように、庄野さんはこの作品を、やはり毎日一回分ずつ、朝のうちに書いた。作品の中の時間が、書いている庄野さんの「現在」と絶えず繫がっているから、あらかじめ筋立てを考えるわけにはいかない。ただ、各章のタイトルを決めて、それからいろいろ考えだすことが楽しかったそうだ。いま目次を見ると、「萩」「終りと始まり」「ピアノの上」「コヨーテの歌」「金木犀」「大きな甕」「ムカデ」「山茶花」「松のたんこぶ」「山芋」「雷」「期末テスト」「春蘭」と並んでいる。題名だけを見ても季節と、家庭の内外の時間とが、ゆっくりしかしはっきり移って行くさまが感じとれる。一日三枚ほどずつ今のことを今書いて行くことが、結果として一つのまとまりを持つに至ることを信じて、（その際書き手のレンズが問題なのだ

が）毎朝庄野さんは机に向った。「ザボンの花」の時は、社旗を立てたオートバイが原稿を取りに来たが、こんどは遠くなったので、新聞社の宛名を印刷して速達の切手を貼った封筒をまとめて預っていて、書き上げると自分で「下の道」のポストまで入れに行った。ストンと落して、それきり次の朝机の前に坐るまであとのことは何も考えなかった。

「ザボンの花」に描かれた矢牧家の日常風景は、何となくセザンヌの絵を思わせる。たとえばこの画家が何気ない風に描いた日の当る岩の絵からその底の深さやつめたさが感じられるように、よい（無心な）レンズで見られた矢牧家の春から夏への生活の叙述の中に、読者は描写を越える存在の影を一瞬感じることが出来た。だがこれに較べると、大浦家の秋から冬を描いた「夕べの雲」は、楽しい要素が大いにあるにも関らず「底の深さやつめたさ」の構造を、もっと明らかに示している。

現在進行形で書き進められたこの小説で、庄野さんは「時間」というものの正体について、少しも観念的にではなく、――そこがユニイクなところだが、きわめて具体的に、しかもたった今、尻尾をとらえて鮮やかに示して見せてくれる。たとえば家族みんなが好きで決まって見ていたテレビの番組がなくなるということから、次のような言葉を導き出す。

こういう番組はもう一年も二年も続いてみて来たもので、それをみている間は、いつかこの番組が終りになる日があるということを誰も考えない。この劇の主人公はいつまでも達者で、病気にもかからず、撃ち殺されもせず、また突然よその町へ転任になってしまう心配もない。舞台の町も変りがなくて、時間の流れから置き忘れられたようにいつも同じ姿でそこにある。

みている方では、ついいつまでもこの劇が続いてゆくような気持でいる。これが終りになって、あの馴染のある主人公や常連の人物の声がもう二度と再び聞かれなくなるということは想像もしない。

ところがある日、突然にこの番組も今週で無くなるということが分って、びっくりする。随分がっかりする。その番組を見ない木曜日の晩というのは考えられないような気がする。

「大浦」夫妻が長女の晴子の勉強机を買ったのは今から十年前のことだ。はじめはがっしりと丈夫そうでニスの色もさっぱりしていて、彼らは大いに気に入った。ところが弟たちの勉強机をあとから買うにつれて、晴子の机がみすぼらしく見えて来た。何度か親の方から「新しいのを買った方がいいな」と声をかけるのだが、そのたびに、「いいよ、大丈夫よ」と言われて買いそびれて来た。その晴子が高校の修学旅行に出かけて留守の部屋に入って大浦は鉛筆削りを使いながら「もうこの机を取ってしまうことは出来ない。このままの方がいいような気がする」と思う。そして、長女が小学校に入った四月にこの机を買って身の引き締る気持がしたことを思い出す。

「あの時は十年先のことを考えてみたことはなかった」

――その大浦が、いま宅地造成の土を削りならす工事が進められている多摩丘陵の山の上に住んでいて、夕方谷間へ子供達を夕飯に呼びに行く時、

「ここにこんな谷間があって、日の暮れかかる頃にいつでも子供たちが帰らないで、声ばかり聞えて来たことを、先でどんな風に思い出すだろうか」

と考える。いまの大浦は「十年先のこと」を考えている。否、未来を見るだけではない。

すると、彼の眼の前で暗くなりかけてゆく谷間がいったい現実のものなのか、もうこの世には無いものを思い出そうとした時に彼の心に浮ぶ幻の景色なのか、分らなくなるのだった。

そこにひびいている子供の声も、幻の声かも知れなかった。

（いつも家の中で聞える子供たちの声や細君の声も、もしそんな風に考えるなら、同じように彼の耳に聞えた。）

これは、たとえば現在を何十年も先から見返すような視点を持つということだ。

むかし私が小学生の頃、遅刻することがはっきりしている朝とか、大事な宿題を忘れてしまった時などに、「これが十年もあとになって、笑って思い出せる日がくるかも知れない」と、はかない気持で考え直してみることで、現実の恐怖を少しでもやわらげようと試みた。(だがあまり効き目はなかった)しかし、大人になってからは自分の家の中でこの現在が幻だなどと考えてみたこともなかった。それは、小学生の時ほどにもまともに現在に立ち向って生きていないということだし、また家族や家庭に対する責任や愛情が薄いということかも知れない。この小説を読むと、そんなことまで考えさせられてくるのである。

九年間という時を隔てて書かれた二つの「新聞小説らしからぬ小説」をつき合わせてみると、「夕べの雲」の方が「ザボンの花」より表面的な虚構が少ないと判る。家族構成・子供の年齢も、「夕べの雲」はそれが書かれた昭和三十九年現在の庄野家をうつし取っているし、主人公の職業も、矢牧が会社員であるのに対して、大浦は「身すぎ世すぎの本を書く仕事」である。約束事はなるべく切り捨てて、作者が直接物事の核心に向おうとした姿勢が私には感じられる。そのためか大浦家に起った、あるいは存在することがらで、大浦自身の眼や耳を通らないものはない。矢牧家の日々の小事件の中には、矢牧があずかり知らぬ部分もあるが、「夕べの雲」では旅行中に台所に落ちた雷も、天井から落ちたムカデ一匹といえども、大浦が宰領せぬものはない。矢牧家における矢牧に較べると、大浦は一家の「生活の経験」の管理者という性質が強い。そしてまた彼は、一家の理性と感受性をも代表している。

たとえば大浦は、この丘の頂きの風当りの良すぎる家が台風の被害を受けないかと心配する時に、わざわざ台風を「大風」という民話風の言葉に置き換え、大風に家ごと空に舞い上ったわが家の中に、寝間着をきた彼自身や細君や子供たちを並べて、口々に、

「やられた！」

と叫ぶ場面を空想する。すると読者には忽ちこの五人の家族の誰もが、そういう危急存亡の場面にも寝間着をきたまま窓から顔を出して、「やられた！」と叫ぶような気風を持った人物に見えてくる。

このあたりの山と林は、近く住宅団地の用地になってしまう。しかし大浦は工事の期日を確かめに行ったりはせず、「それなら、この山がこのままの姿をしている間にうんと楽しもうじゃないか」と考える。

——すると、子供たちも、実はちゃんとそのつもりでいまの山を楽しんでいることが判るし、幼稚園の送り迎えで毎日駅まで二往復してへばり気味だった細君までが、「山の道は気がまぎれる」と思うようになってくる。

江藤淳氏はこの小説を「父性の文学」(朝日新聞文芸時評、昭和四十年四月二十八日)「治者の文学」(同年「群像」六月号「日本文学の進路をめぐって」)と名付けたが、それは、大浦が先に述べたような時間の意識をもちながら、なお家庭の守護者としてこれにふさわしい元気な生き方を身に帯び、率先してその時その時を十分に生きようと努めていることを指すのだろう。

「いいことなら、その時に喜べばいい。もしそれが悪いことなら、なお更はっきりしない方がいい。どっちみち、分った時には苦痛を味わうのだから、わざわざ途中まで出迎えに行かなくてもいい。それにこの人生では、いいことはそんなに起るものではない。それならなおのこと、はっきりさせる必要はないと、そう思っているのだった」

治者にもいろいろあるだろうが、大浦は極めて声の低い治者である。

おなじ江藤淳氏は、この作品を読んだ時に「作者の文学上の師であった」伊東静雄の、

「行ってお前のその憂愁の深さのほどに明るくかし処《こ》を彩れ」

という詩句を思い出したという。それは氏が庄野さんの理想主義が「人生の本質的な暗さに対する洞察に支えられている」と考えたためであった。(前出朝日新聞文芸時評)

いまあるものも次の瞬間には変るという「夕べの雲」の主旋律の響きは、単なる嘆き憾みの声ではない。

もう一回、時の針を逆に廻さねばならないとすれば、それは考えただけでも億劫である。いや、億劫というよりも、堪え難い苦痛であろう。決してもう一度、若くなりたいとは思わない。

これは連載の終った月に発表された短篇「冬枯」の一節だが、作者が伝えようとする「時間」や「変化」というものの内容に、感傷や詠嘆の入る余地はないと判るだろう。「天地の運行というか、時の運行というか、そういったものが、私の制作を導いていったので、自分の力による創作というよりも、何か自然の業といった感じでした」

これは進藤純孝氏に語ったという作者の感想である。(「新刊ニュース」昭和四十年六月一日号)私は少し「憂愁の深さ」の方を強調しすぎて来たような気がしている。もういちど「ココーテの歌」「金木犀」「大きな甕」「ムカデ」「山茶花」「松のたんこぶ」というタイトルだけでも読み返してみよう。庄野さんが如何に「明るくかし処を」彩っているかが判ろうというものだ。時よ停まれでも戻れでもなく、「時よ、この懐しいもの」という立場である。いまをいとおしむ目で時間を相対化して、しかも禁欲的といってよいほどに総てが具象だ。そういうむずかしいことが、文学の上で成就された。だから恐らくこの小説は、易《かわ》らず、しかもつねに新しいことであろう。

河上徹太郎氏はこの作品をマックス・レーガーの「マリアの子守歌」という歌曲になぞ

らえている。

「静謐な、中世的な主旋律に、近代危機の予感をふまえた和声を配した曲で、私の愛誦歌の一つである。この長篇はそれに倣ふべき、聖家族像である」（昭和四十年「新潮」七月号、文学時評）

第十三章　丘の明り

短篇集『丘の明り』は、昭和四十二年十二月筑摩書房より刊行され、ユニイクな小品をその中に収めている。「冬枯」（昭和四十年「群像」二月号）、「行きずり」（昭和四十年「文学界」四月号）、「まわり道」（昭和四十一年「群像」六月号）、この三篇は「日ざかり」で庄野さんが試みた方法を応用し、一層深めたものだ。

単行本『丘の明り』のあとがきに著者が、

ひとつの場所からまたどこか、別の場所へ移って行く。移って行きながら、景色が見え、会話が耳に入る。そこで「時間」ということを考える。ひとりでにそうなる。

私は、そういうかたちで、自分がこの世に生きているという感じを、確かめようとしているのかも知れない。

と記しているのにこの三篇は最もよくあてはまるような気がする。

「『日ざかり』の時は自分でもばらばらで無理しているという気持があったが、『冬枯』は連句のような、――たとえば一つ置いて付けて……といった俳諧をふまえた気持で書いた」

現在の庄野さんはこのように語る。私にとって「冬枯」は理屈ぬきに面白い作品であったが、今の言葉で言うと、「冬枯」以下の作品で庄野さんがまたひとつ開けた場所に出たという感じである。

「人生を断片としてとらえるということ」が自分の性にかなっているという庄野さんが（昭和四十年「新潮」十二月号「文学を索めて」）こうしてとらえた「断片」の大切な成分は会話である。

「画家が風景や人物の『かたち』をスケッチするように、言語芸術家である小説家の庄野氏は、人々の会話を、その味をスケッチする。（略）前後はなく、ふっと聞えた会話であり、作者も余計な説明はなにもしていない。それにもかかわらず読者の心に余韻が残り、ぼくたちはその断面から人生について、さまざまな想像をふくらませる」（日本経済新聞、昭和四十三年一月十五日、奥野健男氏の「丘の明り」書評）

奥野氏がそう指摘するように、ちょっとした言いまわしの勘所をつかみ、活字に表現する庄野さんの能力は特筆に値する。これらの短篇のみならず「静物」でも「浮き燈台」でも行を変えては書きとめられて行く短い会話が、余白の空間と一緒に思い出される。そのように捉えられて、流れるものが、――「いま」という時間が瞬間に凍結され、硬質に静止して光る。

「まわり道」の中の会話についても、江藤淳氏が次のように述べている。

「このなんでもない会話が面白いのは、もちろん作者の描写力がすぐれているからにほかならない。しかもここには両足を大地につけた中年の生活者の視線とでもいうべきものがあって、この小佳作にとらえられた車中風景をいくつかの異常ではない、しかし重要な人生の断面にしあげている」(朝日新聞文芸時評、昭和四十一年六月五日)

「つれあい」(昭和四十年「新潮」一月号)と「秋風と二人の男」(昭和四十年「群像」十一月号)を見よう。

生田の家の近所に子供のない夫婦があって、奥さんが弟さんの子供をかわいがっているのを庄野さんはよく見かけたし、話も聞いていた。

「つれあい」はどこにもあるような話だが、細部が面白い。細部の深さによって立っている作品だ。その点では名作と言われる「秋風と二人の男」と違いはない。

後者の中に、秋風の立つ夕方の街へ出るのに背広を着てこなかったことについて長々と思い悩むくだりがある。おいしい巻ずしの作り方についての詳しい記述がある。こういう事柄をここまで腰を据えて面白く書く小説家を、私は見たことがない。これもまた庄野さんのコロンブスの卵たちだ。

「この時期は、自分に面白いことはのびのび生かして——節度と、技巧の工夫は要るが——存分に書いてみようという気になっていた」

と庄野さんは語った。

「巻ずしの手順を、新鮮に面白いと思って書いているうちに、おのずと自分の狙っている物が出てくる。逆に言えば、その気持の弾みをこちらが失えば全然書けなくなる。気持のはずみを続かせるためには、修練と自分に対する厳しさの持続が必要だ。面白くないことを面白く書いている悪例はいっぱいあるわけですから——」

こうして発見した現在の鉱脈を見分ける同じ目を、庄野さんは過去の経験にも向けた。戦争をはさんで「曠野」(昭和三十九年「群像」七月号)、「石垣いちご」(昭和三十八年「文学界」十一月号)、「蒼天」(昭和三十九年「新潮」六月号)の順に、庄野さんの青春期の時間が流れている。

「曠野」は九州帝国大学の東洋史学科で遼代満洲史を専攻していた庄野さんが、卒業論文に備えて渤海の故都である東京城の遺跡、鏡泊湖など、満洲族発祥の地を訪ねた旅にもとづいた小説である。時間的には、のち昭和四十三年に発表された長篇「前途」のあとにつながり、更に、四十四年の「秋の日」がこれを承ける。「秋の日」は鏡泊湖畔での数日間と、東京城へ戻ってから法文系の学生の徴兵猶予が廃止になった新聞を見て急いで旅程を繰り上げて日本に向って出発する所までが記されている。

ごく微視的に日常の「異常ではない、しかし重要な人生の断面」を静かに見つめてとらえるのに成功してきた庄野さんが、ここでは全く視点も態度も変えないでいてしかも、戦争という異常な時代と、底知れぬ大陸のひろがりをとらえて見せてくれる。

旅先からの「私」の葉書を見て父が呆れたり腹を立てたかも知れないと現在の「私」が想像した通り、この小説もまたまるで食べ物のことばかり書いてあるみたいで、肝腎の東京城やそれをめぐる山々の風景などなかなか出て来ない。それでいて朔風の砂煙と、異様な空の明るさと、青光りする雲の重さを感じて私はむしろ不安になる。牛島老人の浦島の物語りにも、切ない風のひびきが聞える。懐旧の情の代りに、痛切な「現在」がある。

日本へ帰った庄野さんは、翌年一月、いわゆる「学徒出陣」で武山海兵団にある海軍予備学生隊に入隊した。七月には館山砲術学校に移り、十二月に清水市駒越の砲台に隊長として勤務していた長兄鷗一氏を訪ねた。

「石垣いちご」と「蒼天」は、「鳥」の原形である「大きな楠の木の下」から派生的に生まれた作品だ。砲台にいる長兄を訪ねた話は、元はもっと大きな分量で書かれていたが、その大部分を棄てて、戦後かなりの年数を経てから訪ねて行ってみる話に変えた。実際に訪ねた時には詳しく模様を知っている当時の場長が退職していたが、それが（作品のためには）よかったと庄野さんは語った。二つの時間と空間を重ね合わせて、庄野さんは自在に旅をしている。ここにある「現在」も、また忽ち過去になる徴候が見えている。「蒼天」について、山本健吉氏は、「名作『静物』の続編と言ってもよい」と書いている。（東京新聞文芸時評、昭和三十九年五月三十日）

「クリスマスの日の朝、細君が自殺未遂をしたことが、二つの作品を結びつける。その家の近くを訪ねた蓬田の回想は、事件の前後を行きつ戻りつする。（略）主人公は『歳月』である。遁れようもない過去の重みである」

そこで、過去の作品に出て来た挿話が幾つか、ここに反覆して使われている。男の気持より妻の気持になって、苦しんだりしたことを書きとめたいと思った、と庄野さんは言う。

「あまり書きたくない時間のことだけれども、『妻』が一つつまずいて、幾らかペシミスティックになった気持と（まだ生きて行こうという気もあるのだけれども）、新婚のあとの蜜月の中にあるエゴイズム（男女の食いちがい）とを並べて置いてみようとした」

「しかし、結婚前から、結婚直後の夫婦のことだけを書いた方があわれが出たと思う。その前月に亡くなった三好達治の弔い合戦と称して、日本語の表現に挑むのだと意気込んで時間もかけて書いたのだが、棄てるべきものをどう棄てるかという点で決断力がうまくつかなかった」

しかし「蒼天」は、ふかぶかと庄野さんの原液に濃く浸された感じの小説だ。その意味で大事な不思議な作品だ。

「浮き燈台」で神さまの話が出て来た時、私は庄野さんに「信仰」について訊ねたことがある。自分は祖父母と一緒に暮らさなかったから、「祖先」という考えは片方の親が死んで初めて生じた。祖先とはつまり、死んだ父のことであり、母が死ねばやはり死んだ母のことを指すのだなあ、と庄野さんはその時答えた。

枇杷の葉と長兄の死の挿話が、美しく恐ろしい。

「雉子の羽」連載中、つまり昭和四十二年という年に庄野さんは三つの短篇を発表している。さすがに三篇とも「雉子の羽」風ではなく平明に事実を順序に従って述べる形をとっている。

「山高帽子」（昭和四十二年「文芸」一月号）は、亡父の形見の山高帽子を持って気ままな一人旅に出た「彼」が、海辺を行く電車から汽船に乗りついでから、何度か些細な事柄を気に病むところが面白い。

最初は乗船名簿の職業欄で、とまどう。

自分の住所や名前を書き、その次に「職業」のところで彼の鉛筆はちょっととまった。書いた文字を活字にして暮しを立てている彼は、何か不自然な、奇態な文字を書きいれるというためらいがあって、商業とか農業とか公務員とか書くのであれば、決してそんな感じはしないだろうにと思うのであった。

放送会社にいた頃、三十歳になったばかりの庄野さんは、自分が作家であることを会社で隠そうとはしなかった。十数年後の作中の「彼」が職業欄の前でとまどったのと、それは同じ事柄の両面のような気もする。

この頃、庄野さんは大阪を経て徳島の眉山の麓の寺にある母方の家の墓詣りに行った。その旅が元になって出来た小説だ。

「卵」(昭和四十二年三月十九日、朝日新聞日曜版)には、これからの作品で大活躍をすることになる明夫と良二という兄弟の、行動とかかわり方の雛型のようなものが在る。こんな小説が、ぼくは自分では好きなのだと庄野さんは言う。

さいごの「丘の明り」(昭和四十二年「展望」七月号)で、また一つの魅力ある世界を庄野さんは見つけたようだ。あるいは見つけたのではなくて、「思い出した」のかも知れないが。

短篇集としては『丘の明り』に続く『小えびの群れ』のあとがきに、次のような部分がある。

この前の作品集に入った中でいちばん発表年月の新しい「丘の明り」から、こんなふうな小説を続けて書いてみたいと思うようになった。

日常生活の、ほんのちょっとした会話をきっかけにして童話や民話の世界へ入る。そこから逆に自分たちの世界を振り返ってみる。また、身のまわりに「ふしぎ」を見つけて、驚いたり、怖がったりしてみたいという気持がある。

子供の頃、夏私は林間学舎に行った。夜は浴衣やランニングシャツに腹巻きをまいた友達と櫟林へカブトムシとりに出かけたが、懐中電燈の光の輪のなかで脅されたりおどしたり、そのうちみんなが怖くなって一斉にかけだしたりした思いでがあるが、その夜の風の匂いや草の色を、私はこの小説の中でとつぜん思い出させられた。感傷的なところはまるでないのに、庄野さんは我々読者が忘れてしまっている個々の人生折々の体験を、その空の色や塀の影、人の声のなつかしさまで痛切に、我々になり代って思い出させてくれる稀有な力を持つ作家である。

聞き返す、反覆することによって生まれる何かがある、とも庄野さんは言っている。この先に「星空と三人の兄弟」というような面白い短篇が続くことになる。

第十四章　流れ藻

「流れ藻」は昭和四十一年「新潮」十月号に一挙に掲載され、翌年一月新潮社より刊行された。「雷鳴」に続いて「すべての文学は人間記録《ヒューマン・ドキュメント》だ」という庄野さんの考えを素直に強く反映している小説だ。なぜこの作品を書いたかということを、庄野さんは「一つの縁」という随筆の中に具体的に述べている。

以前から、私は、若い夫婦の物語を書いてみたいと思っていた。夫婦の物語であるが、夫婦になる前の恋人同士のところから書きたい。恋人とひと口にいうけれども、一人の若者と一人の娘とがどんな時にどんな風にして知り合うか、そこから書いて行きたい。

どんな男女でも、何か運命といったもので一つに結びつけられるわけだが、その運命の不思議さ、といったものを、もし書くことが出来たら有難い。運命といったら、大げさになるかも知れない。それなら、縁といってもいい。

みんな、縁があってこの世に生きているのである。その縁を書いてみたい。そうして、その主人公というのは、私たちの身のまわりのどこにでも暮しているような、普通の人がいい。普通の人ではあるが、若いから元気があって、働き者で、どういう仕事をしていようと自分の仕事に精を出す人がいい。

理屈をいうより先ず実行、という人がいい。少々、無茶なことをしたり、はらはらするようなこともするが、純なところがあって、一途である。それで、人にも好かれる。

実際、私はそこまで頭の中で詳しく考えていたわけではなかったが、思いがけず、ある時、木更津のドライブ・インで、私の空想にぴったりの好ましい青年に出会った。そばに赤ちゃんを抱いて、ついている奥さんが、これ以上、似合いの夫婦はないと思われる、いい感じの人であった。「流れ藻」という作品が出来上ったのは、それから一年五カ月後である。（「ちばぎん・ひまわり」42・9）

この若い夫婦と庄野さんが出逢う前に、実はもう一つ縁の糸がつながっている。そのきっかけは、作中の夫婦の思い出として詳しく記されている。（第一章「あらし」）

四月の初め、まだここへ来て間のない頃であったが、夜、近雄がスタンドにいると、小さな子供を三人乗せた夫婦者の客が車をとめて、金谷まで釣りに来たが、一緒に向うを出た妹夫婦の車を途中で見失ってしまったといった。（以下略）

この子供連れの「夫婦者」が、庄野さんの親しい雑誌編集者であった。たぶん事のあった一年後に話をきいて、感じのいい夫婦だと思ったから、庄野さんは先方とはうまく連絡がつかぬままで、その知人と一緒にともかく舞台になったガソリン・スタンドを木更津まで見に行った。（この時はまだスタンドの人だとばかり思っていた）ガソリン・スタンドの向いにドライブ・インがあり、入って行くと小さい女の子をつれた若い奥さんがお客さんと話をしている。「ああいう感じはいいなあ」と庄野さんが思って見ていると、それが本人だった。小説を読めば判るけれども、本当はとっくにその場からいなくなって鮨屋になっている夫婦が、たまの休みに遊びに来ていたのである。恐らく庄野さんは、もうこの時に「一つの縁」を感じ、それをたよりに糸をゆっくり手繰り始めたのではないかと思う。庄野さんの鮨屋通いはその春から始まった。四月から始めて秋の終り、七五三のあとまで、生田から十回も千葉へ通った。

「ぼくは空気——透明人間のようにして、この小説の色んな所へいるわけですよ。そこで鮨屋の客、出前から戻った近雄と奥さんのやりとり、子供の動作などは、ぼくが生活の場にいて書きとめたのが元になっている。場合によっては主人が何所かへ出かけていない時に、奥さんが主人が変ったと訴えているのも、ぼくが聴き手になっている。ぼく自身がこの夫婦の生活に立ち会う形になった。そこで、ある時期海の家海の家と言っていたのが、こんど来てみると鰻屋になっていてびっくりするようなこともある。主人が何かやりたいという気持——若さを羨ましく思い、無茶なことをするのを（自分自身の性格にはないものだから）驚きながら、一方はらはらしながら見守っていた」

八年前を思い出して庄野さんはこう語った。

「福ずしに色の白い、おとなしそうな若者が来た」（第十章「甥っこ」）
「福ずしの店の前の、丁度、角っこのところに、壁にくっつけて、水色の縞のビーチ・パラソルが立っている。（略）いったい、どうしたというのだろう？」（第十一章「うなぎ」）
「かんかん照りの日である。福ずしの前で、白坂がひとりでうなぎを焼いている」（第十二章「鹿野山」）

これらは各章の書き出しの文章だ。形としてはこのように、真新しい局面が先ずあって、そこから自然な回想に移って行く。どの章もそうなっている。褶曲した山脈を遠くから見るように、この小説にはいま陽の当っている「現在」の斜面が幾つも重なって見えている。そしてその裏をそれぞれの回想が支えている。

過去から現在までが因果のセメントでぎっしり詰まっているのではなしに、このように回想に支えられたさまざまな「現在」が間隔を置いて幾重にも重なる形は、(既に「道」で試みられた方法だが)これはまた庄野さんの中にある時間の構造と、認識の好みを示すものではなかろうか。

進藤純孝氏は、こうして「自在に時をさかのぼり場所を変え、あのときこのときを語りながら若い主人公夫婦の結びつきを写し出す展開の方法」を、「人間の最も自然なしゃべり方の筈」だと述べ、ここに想像される作者の精緻な計算は「おそらく頭を働かしてやるのではなく、ほとんど意識せずして行なわれる勘定といったものであろう」(産経新聞文芸時評、昭和四十一年九月二十四日)と言っている。

因果で結ばれていないから、ここでは未来については一切判らない。一寸先が判らないから、読み手は一緒になって夫婦の行く末を心配してしまう。そんな風に書いてある。作られた小説とは違って、この進行形の聞き書きの小説には、人物についての先行きの「見通し」を安易に許さない節度ときびしさと、それ故の面白さがある。

また、いわゆるドキュメンタリーともはっきり違う。——たとえば同じ頃私が読んだT・カポーティの「冷血」(一九六五)は、作者が六年間の歳月をかけて凶悪な殺人事件を再現したものだというが、これを「流れ藻」の日常的な世界が決して予断を許さないのに較べると、いかにも完結した固定した記録という感じがした。「流れ藻」の中の時間は、いつも陽炎のように揺れ動いている。だから最後の一行のあとにもどんな変化や災難がやってくるか、まったく判ったものではない。本多秋五氏は、否定的な意味でこれを「起承転々」と評しているが（東京新聞文芸時評、昭和四十一年九月二十九日）、むしろその点こそが作品の新しさではなかろうか。

これから先、何年かたってから、ここへ来てみたら、二人はやはり一緒にいるだろうか。それとも、どこか別のところへ行ってしまって、二人が前に入っていた家だけがもとの場所に残っているだろうか。（単行本のあとがきより）

小説の中に入りこんで眺めている庄野さんの眼は、だから一方的な観察者の単眼ではない。既に引用した「文学を索めて」という小島信夫氏との対談の中で、庄野さんは青春の文学から大人の文学への移り変りのむずかしさを論じて、それは自己本位の視点から一歩下れるかどうかという点にかかっていると述べている。

「一歩自分が下って、あくせく働いて生きている一点景人物として自分を見る。（略）そういうものが大人の文学で、自己中心の、おれがおれがという態度では、おれを貫き通すことによって作品が成り立つわけだから、一歩下っては作品が壊れるわけです。大人の文学と青春の文学との違いは、作中の主人公をもまわりの人間生活の中の一点景人物として

見る眼のゆとりにあると思う」」（昭和四十年「新潮」十二月号）

「流れ藻」にとりかかっている最中に行なわれた対談での発言だが、作中に空気のようにいる、という庄野さんの「在り方」を示す言葉でもあろう。

だが一方、すぐあとにこんなことも言っている。

「小説家が大人の目で大人の心境で物を見るようになっても、青春のときの、パンをふくらますイースト菌のようなものを、無理にでもどこかへくっつけていなければいけない」（前出対談より）

それがイースト菌に当るのかどうか判らないが、たとえば主人公が、六歳の時に空襲にあって十二日間放浪して生き残った体験、小学生の頃親父について仙台の大通りで渋抜きの樽柿を売った時の「筵一枚しいても、自分でやるという感じ」を、今なお生かしている生き方に対する作者の愛着。――

また、たとえば主人公が「彼女」の時代の奥さんを千葉公園へ連れて行った時に、「初恋の人に似ている」と出まかせを言って、とっさに空襲で一緒に逃げて死んだ「やえちゃん」の話をしてしまったエピソードについて、

「そういう結びつきが本当にあったと思いたくて書いた」

と庄野さんが私に語っていること。――

あるいは、主人公の母親が亡くなったことで夫婦の絆が固くなったというエピソードに

ついても、

「本人は平生無茶をしていて気がつかないでいるけれども、ハムレットの中に一羽の雀が落ちるのも神の御心という言葉が出てくる、そんな微かな運命の糸のつながり——神秘的なものがあることが、ぼくが小説を書いて行く上の原動力という気がした」

と、庄野さんは言う。——

カメラの向う側にいる筈の庄野さんの姿が、こういう所でまたカメラによって写されてもいるわけだ。

「流れ藻」と付けた題名の奥には「人間が生きているということはこれ即ち不安定なのだ」という認識と、「しかしいつどうなるか判らなくても、わからない中でかすかな縁につながって生きて行こうと努力するのが人間の姿だ」という意志とが、綯《な》いまざって在るような気がする。

第十五章　雉子の羽

「雉子の羽」は昭和四十一年「文学界」十二月号より昭和四十二年十一月号まで連載され、昭和四十三年三月二十五日、文芸春秋から刊行された。

心を落ち着けて見廻せば、私たちの周囲はこんなにも面白いことに満ち満ちているのかと思い知らされる小説である。

「冬枯」「行きずり」という短篇のあと、一年半近く「流れ藻」にかかっていた庄野さんはその間にも「秋風と二人の男」「まわり道」というユニイクな短篇を続けて発表した。八月に「流れ藻」を書き上げたあと、九月を一箇月だけ休んで、すぐ「文学界」に連載を始める約束があった。――のちに「紺野機業場」となる石川県安宅町の機屋の取材も進んでいたが、それよりはその月その月に取材する断片の中から取捨選択して書きつけて行く「小説らしくない小説」を書いてみたい気持に魅かれて、「雉子の羽」という題名だけを先ず決め、十月からとりかかることにした。

憶測すれば、既に八年前に試みた「五人の男」以来、見聞した断片を非連続的に、時に俳諧式につないで行く方法の面白さが、庄野さんを一層徹底した試みに立ち向わせたのではないかと思われる。断片をつなぐ方法は二年後「静物」で初めて成功したが、それを通り越してもっと「作る」ということから遠ざかり、もっと「偶然」に従い、もっと事物に対する興味をそのままに生かすという方向に自分を貫いてきた結果が「日ざかり」（昭和三十七年八月）であり、更に「冬枯」（昭和四十年二月）、「まわり道」（昭和四十一年六月）であった。その系列に「雉子の羽」が来る訳である。

当時、私は放送会社をやめて、小説を書きたいと思いながら、ラジオとテレビの台本の仕事を始めていた。私は庄野さんの小説に就て何の心配も出来ないわけだが、庄野さんの方からはたくさん励ましを受けていた。

昭和四十年五月のある日、庄野さんを訪ねた日のことが珍しく私の雑記帳に書きつけてある。その日私は庄野さんの小説についてこんな話をしたらしい。

「庄野さんの小説の特徴は鮮明なレンズにある。現象を採集してモンタージュすることによって作品を作る方式にとって、眼が鮮明であることが一番大事な条件だ。この際対象は『ほんとのこと』でなければならず、『現在進行形』のことでなければならない。（現在進行形云々は庄野氏の付加意見）」

現在進行形でなければいけないと庄野さんがその時に一言付け加えた。特に強調したわけではなかったけれども、いつも正確に物を言う庄野さんだから、それが抜けたままに放っておくことはしなかった、という感じであった。まだ「雉子の羽」にとりかかる一年余り前のことである。

「雉子の羽」には、蓬田家の主人と、妻、女の子、二人の男の子という、五人の眼が見た「進行形」の事実の断片が百七十一片集められた。（ただし、上の男の子の話は三度しか出てこない）

視点を複数にしたのは、やはり第一にこの方法で長いものを書くための工夫だったのであろう。しかし工夫がまた色々と発明を呼んだ。進藤純孝氏は次のように書いている。

「こうして四人四様のカードが、まるで無造作に編まれていくのだが、それが自然の巧みをなして、家族と、家族がその中に置かれている世の中の呼吸が、あざやかに浮び上ってくる。」（産経新聞文芸時評、昭和四十二年十月二十六日）

この作品を書いている間、庄野さんは表紙のまんなかに「雉」という文字を大きく書いて、それを丸で囲んだノートをいつも身近に置いていた。一度表紙だけ見たことがあるが、「うちじゅうでこれ（ノート）を、キジルシと呼んでいる」と庄野さんは言った。なにしろこのノートだけが頼りであって、庄野さん自身の見聞はもとより、あとの四人の家族の話を毎日書きこんで行かねばならない。

「夜眠くなっても、子供が何か言い出すと、むっくり起き上って『もう一回言うてくれ』」

いつも今月はどうなるかとはらはらしているが、それでも一と月経つと何とか溜ってくる。全部が使えるわけではないが、たまった断片の仮の「題」を原稿用紙に、――たとえば「コロッケを食べながら歩く土方」「スベリヒユ」「林の中の鳥のコーラス」という風に書きつらねておいて、実際に書く時に順序を考える。

それで一と月分書き上げると、もう貯金がゼロだ。またもやキジルシのノートを片手に、勤勉努力の精神でみんなの話のメモを始める。こういう生活が、庄野家では一年間続いたわけだ。一人一人がいい眼を持っていたということが、いい作品の生まれた原因である。しかし、そういう家族の在り方はまた庄野さんの生き方ぜんたいの結果だとも言える。要するに、これは庄野さんに始まり庄野さんに終るところのきわめて個性的な仕事であったというほかない。

こうして出来上った「雉子の羽」は、急いで読むと面白さの判らない小説だ。それから、ぱっと開いたところを、何所を読んでも面白い小説だ。そういう点で、「枕草子」や「徒然草」を思わせられる。開いたところが百九段の「高名の木のぼり」の話で、そのあと二三段続けて熟読して、なんと面白い本があるものかと思って本箱に返す。こんな風にたのしむことのできる密度が、「雉子の羽」のどの部分にもある。ある読み手は、真新しい釘が道の上にまあるく落ちているのが小さい鰯がはねるような感じだったと書いてあるところを開いて、他のことはなにも考えず、ただその感じがぴったりだという理由で純粋な喜びに浸るだろう。またある人は、木の枝に分れてとまっている六七羽の小鳥のかたまりが、そのかたちのまま枝から枝へ鳴き渡って行くという話に、とつぜん現われた清冽な空間の感覚を味わっておどろくだろう。またあるページでは、信号待ちでとまった電車の中から、街道沿いの飯屋の値段表と主人の顔が見える。それは何時もある筈だけれども恐らく一生に一度しか見られない風景でもあることを、読者も蓬田と一緒に感じることだろう。開いたどのページの上にも、きっとこんな心にかかるものがある。(ただし、急いで読みさえしなければ)

ここには土方がたくさん出てくる。コロッケを食べて「あ、おいち」と言ったり、昼休みに野球をしたり、鳥皮を買いに来て断られたり、そして団地の工事の終ったところでは金を貰ってまたよその飯場へ移って行く。全体を通して読むと、男の子の話す野鳥や植物の話が季節を運び、土方たちのいわば盛衰と哀歓が、一つのものが過ぎ去る「ドラマの終り」の感じを担っている。

「土方」という言葉は、戦後あまり使われなくなったけれども、「労務者」というひびきを好まないので、庄野さんは(おそらく自分の作品では初めて)この言葉を使った。土をあずかるから土方。厚味のある言葉だと庄野さんは言う。恐らく、自分もまた毎日手仕事をする人間だという覚悟や自信が、土方をここまでよく熟視し、この言葉本来の力と厚味を使ってはっきりした人間の輪郭を描いたのだ。

「『流れ藻』も下町だが、ぼくは下町びいきの気持が強くなって、これは一種の『私の下町』だ。ここは新しくひらける住宅町だが、興味の対象はそこに新しく住む人ではない。団地を泥んこになって作った人、それから食堂の女の子、美容院の子、八百屋、魚屋たち——自分が主役になるのを望まないし、それも出来ないでその他大勢になることに甘んじている人のあわれを書いた」

と、庄野さんは語った。

斯波四郎氏は、この作品の新しい手法の特徴の一つとして、「会話の生きた呼吸に憑かれて、それを再現した手腕」を挙げている。

会話というものは側からきくひとには謎みたいで、論理からはずれながら当事者たちは、たがいに理解しあい、鳥のはなしかと思うと、指の怪我にとんだり、給食当番のことになったりする。そこに平明でかるい謎に満ちたような日常生活が数限りなく成立する。その美事さは童児語法ともいうべき、子供の会話、説明するときの順序のおもしろさ、結果、重複、細部描写といった奇妙なあどけなさをピチピチと捉えていることだ。

（週刊読書人、昭和四十三年六月三日）

「静物」の頃に較べて「雉子の羽」やその前後の一連の短篇になると、庄野さんは会話の偶然性や脱散文的な面をそのまま持ちこんで、作者の態度を瞭らかに示している。

私は数百年後の日本、もしくは外国で、二十世紀後半のこの国の人間や生活の雰囲気や匂いを生き生きと具体的に伝えるものとして、この作品が最も好んでテキストに選ばれそうな気がしている。その頃の女子学生が（「枕草子」を読むように）たとえば「雉子の羽」百五十一段「寝台車の一人旅」を解釈させられている姿が目に浮ぶ。気楽な空想のようだが、本気にそう思ってもいる。


「で、その人たちが完全に寝てしまってから、自分の寝台に入ろうと思って。そのうち、その年のいった人の方が、カーテンをしめて、電気を消して、寝たみたいだったから、そーっと上って行った」

「せまいところでジーパンとブラウスに着替えて、きっちりカーテンをしめて、ヘアピンでカーテンを押えて、すき間があくでしょう。それで、朝までもう出ないでおこうと思って。それから、おむすび出して、一つ食べたの、鱈子の。一つにしようと思ったんだけど、あんまりおいしかったから、もう一つ食べたの」

「それで、ウイスキーの小壜に入れた麦茶をぐいーっとやって、それからまだ眠れずに、ちょっとカーテンの下の方の隙間をあけると、向いの下段の人が見えるの。ああ、寝てる、寝てる、と思って」

「雉子の羽」のことではないけれど、たまたま昭和四十三年二月二十四日の日本経済新聞に、リッカ敦子さんというミラノに住む翻訳家（谷崎潤一郎や井上靖氏の作品をイタリア語に翻訳している人）が、「夕べの雲」をイタリアのフェロ出版社のために訳したことについて、まるで同じような事を言っている。「この小説は読んで以来ずっと私の頭を離れなかったし、読んだ時すぐにこの本をイタリア語に訳せたら、と思った。この中には、日本の、ほんとうの一断面がある。それは写真にも、映画にも表わせない、日本のかおりのようなものであり、ほんとうであるがゆえに、日本だけでなく、世界中、どこでも理解する普遍性をもっている、と思った。あの人この人と、友人の顔をおもいうかべながら、この作品を読んでもらったら、どれだけ私のはてしない『日本を説明しようとする』仕事の助けになるだろうか、とも考えた」

そして、いざ出版社にこの小説の内容を説明しようとすると、「語ってきかすべき筋立てというものがない」のに困惑し、リッカさんは何も言わずに二章ほど実際に訳して提出したそうだ。

第十六章　前途

十箇月前この「ノート」を書くのに、私は先ず「前途」を読み返すことから始めた。庄野さんの文学の成り立ちを知るためには、学生時代の日記に基づく「前途」一巻を精読するに如くはないと思ったからだ。

重複するかも知れないけれども、念のため戦争中（それが学生時代とぴったり重なっている）の、庄野さんの年譜を抄記しよう。

昭和十四年　三月、大阪府立住吉中学校卒業（旧制度による五年制中学）。四月、大阪外国語学校英語部に入学。ラムの「エリア随筆」を読み始める。

昭和十五年　この頃、内田百閒、井伏鱒二の作品に親しむ。俳句に興味を持ち、またマンスフィールドの短篇を訳した。

昭和十六年　三月、河出書房から出た「現代詩集」で伊東静雄（住吉中学で一年の時国語を習った）の作品を読み、堺市三国ケ丘の家を訪ねる。十二月八日、米・英に宣戦。長兄、再度の応召で加太の重砲兵大隊に入る。
昭和十七年　四月、九州帝国大学法文学部に入学。東洋史を専攻（専攻の学生は総員で六名）、島尾敏雄を知る。七月、満洲に旅行。九月、伊東静雄と水無瀬宮へ。十一月、学友とラム研究会を始める。
昭和十八年　三月、伊東静雄・林富士馬らと紀州に旅行。五月、上京して初めて佐藤春夫を訪ねる。九月、島尾敏雄、海軍予備学生として入隊。同月、再び満洲旅行、東京城にて法文系学生の徴兵猶予令廃止の新聞記事を読み急ぎ帰国。十一月、帝塚山の自宅で小説「雪・ほたる」を書く。十二月、海軍予備学生を志願して大竹海兵団に入団。

小説「前途」は、右の年表の最後の二年にかけて、――昭和十七年十一月二十三日から十八年九月五日までの日記に基づいて書かれた。発表は昭和四十三年「群像」八月号で、同年十月講談社より単行本が刊行された。
「たしかに私の気持の中には、時代の記録、ということもありましたね。日記体にしたのは、あの時代、日付というものが、ある役割を果たす、と思ったからです。戦局の推移の

中で、一日一日が、細かく、具体的事実できざまれている時代ですからね」（昭和四十三年七月二十日、東京新聞）
「私は、自分の膚身で感じたこと以外には信用しないのです。結局、生きることの根本は、具体的な生活の中にあるささいなものの積み重ねにあるわけで、（略）それ一つだけをとりあげては何でもないことも（日記に）書くことにより、ある大きな運命をゆっくり進むありさまが描ける」（昭和四十三年十月十日、山形新聞）

いずれもインタービューに答えた作者の言葉である。当時の日記の内容がどのようなものであったかは判らないが、右の談話を支えるほどに的確に、それはものを見、とらえているに違いない。幸い、昭和十八年一月の末に二晩で書き、三月はじめに書き直したと「前途」に記されている「一月十二日の記」という未発表の小説（冬休みの最後の一日の朝から晩までを書いた三十四枚の作品）をこんど私は読むことが出来た。当時の文章を知るよすがにその一部を引用してみよう。休暇の最後の夜だからと家族にとめられそうになるのを切り抜けてとび出し、郊外電車で伊東静雄の家まで挨拶に行く件りである。

耳原のみささぎ近く、三国ケ丘に目立たぬ住居なせる一軒の古家の前に、僕は立っていた。標札には、その屋の主《あるじ》の姿勢を思わせるような字で、伊東静雄としるしてあった。とりわけ伊という字は、その人の頭の恰好に似ていた。幾度、期待に胸躍らせてこの標札を眺めたことだろう。そして応《いら》え待つ間の気持は、初めて来た日も今も変らなかった。今晩はと呼んで戸を開けると、はい！　という澄んだ声が聞えて先生が顔を現わし、客を認めてから、優しい微笑して頷くようにされた。この先生の会釈に逢うと、決って不思議な安らぎを覚え、もうそのまま引き返しても悔ない気持になるのだった。先生が嘗て不機嫌な顔をして僕に対座されたのは、一度あっただけだった。（以下略）

このあとさまざまな様相の伊東静雄と自分とを、同じ筆致であわてずしっとり描いているが、同じ歳の頃の私、でなくても今の私を思い合わせて、これだけ落ち着いて人を描けるかどうかと、心細い気持にならせられるような文章である。

だから、小説「前途」を構成しているものも、このような眼と文章とでとらえられた、日常の中の具体的なしかし大切な個々の要素なのであり、従って、ここに出てくる「伊東先生」は詩人伊東静雄そのひとを、「小高民夫」は島尾敏雄氏、「木谷数馬」は林富士馬氏、「漆山正三」は庄野さん自身を描こうとしていると考えてもよいだろう。

作中「蓑田」という名で描かれている猪城博之氏が、二十八年のちに次のように語っている。

「その頃のことを、二十年以上も経つた最近になつて、庄野君は小説に書きましたが、その小説を読んで、私は全くびつくりしてしまひました。日記をつけて居ることなど、彼はおくびにも出さず、私は自分がそんなに観察されて居るとは思ひも寄りませんでしたので、（略）その小説を読んで、自分の中の或る性格をはじめて知らされたやうに思ひ、自分の近くに居る者を、かくも精細に写し出す作家魂にあらためて敬服し、感謝の気持をもちました。自分の近くに居る人を凝視し続け、精細に記録するそこには、その人を知りたいといふ知的探究心があると共に、その凝視を支へて居るものは、やはり愛と言へませう」（「学問・信仰・生活」――梅光女学院大学での講演に基づく）

哲学専攻の「蓑田」と「僕」とは、昭和十七年の秋、伊東先生の詩集をよく読んでいるということから急に親しくなった間柄だが、そもそも庄野さんが九州帝大で東洋史学を専攻したことも、「蓑田」と同人雑誌を始めるために努力したことも、実は伊東静雄の勧めによるものであって、「一月十二日の記」を見ても判る通り、この時期の庄野さんは一にも二にも伊東静雄で明け暮れていたらしい。

こういうわけで、当時の日記に基づく小説「前途」はおのずからこの時代の伊東静雄の肖像、ひいては昭和十八年に出た第三詩集『春のいそぎ』の解題という側面も持つことになる。

作中に題名の出てくる、もしくは何らかの関りのある詩をすべて列挙しておく。「淀の河辺」「久住の歌」「秋の海」「七月二日、初蟬」「那智」「かの旅」「那智」は実現しなかった同人雑誌「望前」のために書き送られたものだし、「淀の河辺」は庄野さんとの小旅行から生まれた詩、「久住の歌」は庄野さんが久住山に登って、そのことを報告した手紙を見て作られた。その前書は手紙の文章を（少し変えて）引いてある。

——君の手紙。

（その前々夜は霙が降つてゐました。僕らは数人、友人の下宿に集つていろんな事を話し合つてゐたのです。戦局の推移、わが国の大いなる運命、それから、近づいてゐる軍隊生活のこと……。そんな時突然一人が、十二月八日の朝をどこか高い山頂で迎へようではないかと言ひ出したのです。そして久住山の名が出たのです。僕はその名をきいた時、ハッと自分でも驚く程の、不意の興奮を感じましたが、友人達にはだまつてゐました《下略》……）

この手紙が齎した感情に、わがうたつた歌。

国いのる熱き血潮は
をとめ　汝が為にもぞうつ
汝《なれ》見むと来し

この山踏みならね
汝を見で
雪匂ふ汝《な》が赤ら頬見で
いかで過ぎめや

あしびきの阿蘇を消しつつ
雪しきる久住の山
面影のこぞの道とり
はせ下る妹《いも》が村指し

息つくと立ちて休らふ
しばしさへ心をどりの
力こめ石を投ぐれば

目にうつり遠きしじまの
谷の木の梢にみだれ
せつなくも上げし吹雪や

「だいぶロマンチックな趣向になっている」と、素材を提供した「僕」が日記にしるしている。

この頃三十代後半だった伊東静雄は、詩人としてどんな場所に立っていたのだろう。先ず、庄野さん自身の回想の文章をみよう。

この頃は（註　はじめて伊東静雄の家に通いだした頃）、伊東先生が「わがひとに与ふる哀歌」の次に出した「詩集夏花」が透谷賞を授賞される前頃であった。それまでの生活を、先生は水の底に潜っている時のような、息苦しい気持が続いていたと仰言った。怒りっぽく、気難しくて、僕よりも前に先生の家へ通ったI君は、何度も泣かされて、奥さんに駅まで送って貰ったりしたと云うことを聞いた。

僕が行くようになったのは、先生がそのような息苦しい世界からやっとのことで開けた場所へ出て来られた時期と一致していた。（「先生のこと」昭和二十八年「詩学」六月号）

詩の（あまり通暁していない）読者としてのいまの私の感想を言えば、第一詩集の『哀歌』などは、うっかり読むと巻きこまれてよけい苦しくなってしまうつらい作品が多いが、『春のいそぎ』になると、たとい苛烈な世界をうたっても、そこに向かう意識はひらいて透明だから心にやすらぎが与えられる。林富士馬氏の言葉を藉りれば「『哀歌』の曠野と太陽の孤絶した世界から、山頂を下り、太陽が地上と日常現実を照らすこの世の世界に、美しい詩と随順を願った」時期ということになろうか。（旺文社文庫伊東静雄詩集「そんなに凝視めるな」の解説より）

一方、菅野昭正氏は、このような詩人の転回を惜しんで、「到達不可能な地帯への無限の循環運動（彼には暗黒部への悪循環と思えたのかもしれないが）から退いて、彼は日常の生が根をおろしている領域に足を踏みいれていったらしい」と述べている。（昭和三十九年「現代詩手帖」二月号）

いずれにせよ、この移り行きの時期に、伊東静雄は庄野潤三という若者とめぐりあったのである。

「前途」に戻ろう。

「これからの新しい文学は、」と、ある日「先生」が元気よく「僕」に語る。昨日まで詩人は神経衰弱気味だったのが、配給の酒を飲み、「僕」と話すうちに元気が出て来たのである。

これからの新しい文学は、自分の心理や何やらをほじくったりするものでなく、また身辺小説でもなく、ひとつの大きな歴史に人が出交すそのさまを、くどくどしたことは

書かずにそのまま述べてゆく（源平盛衰記、平家物語などのように）、そんなのがいい
と云われた。

「先生」から「僕」に向って、このような形で、どんなにたくさんのものが投げられたことだろう。

「話は国文学の読みかたに移る。先生はこう云った。和文脈の中心となるものは、先ず源氏物語、伊勢物語、枕草子、徒然草、倭漢朗詠集の五つ、日本の美感はこれに尽されている。このうち源氏物語が大本であるが、全部読むのは面倒ゆえ、好きなところを引っぱり出して読めばいい。特に大切なのは枕草子と徒然草で、これは是非とも読む必要がある」

「徳川末期の国文学者に加納諸平、秋成、曙覧、望東尼、光平……」

「自分が書きたいと思うことがあると、昔の人はそれをどう書いてあるか、すぐに見てみる。こうなると、文学の本道に入って来たと云ってよい。これが文学に史感――歴史のみかたの史観でなくて、歴史の感覚と書く方の史感ですが――の生れる道なり。史感のない文学は駄目」

「前途」でこの箇所を初めて読んだ時、文学にこんな勉強の仕方があったのか、とある感慨を覚えた。小説の根源はコムプレックスだという考えからいまなお自由になれない私は、もし自分が大学生の年頃にこんな話を聞いたとしたらどう反応したろうかと考えてみ

た。恐らく耳の入口にも受付けなかったのではなかろうか。

ところが、庄野さんは、一方ではマンスフィールドやラムの作品を読み続けながら、一方で伊東静雄の教えをしっかり受けとめた。

住吉中学時代、(私は一度も授業を受ける機会はなかったが)コジキと渾名のついた伊東静雄の授業は、すぐれて語学的であったと一人の卒業生が書いている。

「伊東先生の授業は、それまで私が国語の授業として知っていたものとは、およそ異っていた。

教材に取扱われる作品についての月並みな感想、原作者の生涯や思想についての総括的な説明、そうした潤いのある言辞は一切、先生の口を洩れない。あるものはただ、一言半句も疎かにされない原文の緻密な解釈だけである」(吉田正勝「一冊の詩集」昭和四十四年「歯車」第十七号)

吉田氏は、そのため却って授業に魅了され、日本語の美しさに眼を開かれたという。同じ力が暗い戦時下の日々を通じて、庄野さんの頭の中へ、日本の言葉の美しさを鮮やかに精緻に刻みつけたのであろう。

「文は人なりという風な文学が本当にいいのだと思います。一丁、傑作書いてやろうというようなのは駄目なのです」

「いつまでも、文学者として生きなさい。文壇にいなくて、離れた位置にあって」

「自分の本当の才能を見極め、自分に真に適したことを着実にやってゆくのが大切」

庄野潤三という、心地よくいくらでも水を吸い上げる若木みたいな理解者を得て、伊東静雄は時に「韋駄天の一人野球」のように、自分が投げた言葉を自分が受けとめもしたのだろう。庄野さんのひらいた心が、逆にこれらの言葉をいざなったとも言える。そして先生はまた、この幾分頑固で素直でしかも老成した魂をもつふしぎな青年の中に、自分には欠けているがあれかしと願うものの影を見たのではないか。

——ある日「先生」の家を訪ねた「僕」は、突然こう言われる。

「あなたがこの前、八十八夜の歌が好きだと云われた時に、初めてこれまで気附かなかったあなたの文学の本質がはっきり分った。鄙びていて、そして艶で、花でいえばあなたは桃の花が好きじゃありませんか?」

艶な味の、そして凄愴味のない文学。これが、先生が「僕」の中に発見した、願わしいものの影だ。

「私は八十八夜のうたも好きだけど、それより青葉茂れるの方が好きなのです。僕には八十八夜の味がないもの」

——もっとも、別の日には、「時代精神を身をもって表現してゆくのが詩人で、そういう詩人でなければ意味がない」とか、「文学とは本来、じくじくした、偏執的なものであって、それが欠けている時は本流とはなり得ない」などと云われて、「僕」はがっかりしたり、気が滅入ったりもする。

あべこべに「僕」が「先生は近頃、あまり世俗的な欲求がはげしすぎるのじゃないですか」と危惧の念をもらして、先生が苦しんだ日もあった。

それから先生は、世俗とふれ合い始めて、昔の孤独を失ったことを考えられた。もう一度、ぺしゃんこにつぶされて、ひどい孤独に陥らないといけないと言われた。

庄野さんがこの「前途」を書いた動機は、やはり「伊東静雄だ」と言えそうだ。題名も、最後になった夏休みに、「僕」が住吉中学の宿直室を訪ねてビールを飲んだ夕方、「先生」が酔って哀切なひびきをこめてうたった「倭漢朗詠集」のうた「前途程遠し思ひを雁山のゆふべの雲に馳せ、後会期遥かなり纓を鴻臚のあかつきの涙にうるほす」から、採られている。

ある日、「静物」以来昵懇な編集者に、庄野さんは戦後同人誌「光耀」を出版した時に伊東静雄の世話になったということを話した。たまたま日本詩人全集の中の解説を書いた直後のことだ。その時「その庄野さんと伊東静雄との関係を通して時代を浮び上らせる小説を書いて下さい」と言われた。

「ぼくは過去に戻って書くことはあまり気が乗らない。しかし考えてみると、戦争中の伊東先生との附き合いに関しては、『淀の河辺』というエッセイと、小説『雪・ほたる』以外には触れたことが無い。あとは断片的な随想しか無い。それなら『雪・ほたる』の最後が作品全体の終りに来るように時間を区切って書いてみようか。丁度大学ノートに書いた当時の日記が残っている。——そう思ったのがきっかけです」

第一章ですでに触れたが、処女作の「雪・ほたる」を伊東静雄に見せた時「もっと細部を詳しく書けば三倍くらいの長さのいい小説になる」と言われた。それが庄野さんの頭の中にあったとすれば、伊東静雄の遺志、あるいは預言によって出来た小説だとも言えよう。(但し、「雪・ほたる」はそれ以上ふくらせられなかったが、扱う時期を長くして結果としては十倍の長さの作品になった)

庄野さんはそのあとで、舞台を箱崎の下宿町——福岡の羅甸《ラテン》区に限ろうかと思ったり、それでは始めの構想とかけ離れるしと迷ったあげく、結局は福岡・大阪の両方を描くことに決めた。日記の中には、伊東静雄との関りをも含めて、いかにも当時の学生らしいかなしげな青春の微光が立ちこめている。

春休み、三国ケ丘の銭湯で伊東先生から木谷数馬を紹介された「僕」は、混み合った流しに正座して(もちろん真裸で)向い合い、

「始めまして。漆山です」

「僕、木谷です」

と、初対面の挨拶を交す。——

初秋。カルチエ・ラタンのわびしい部屋で、間もなく入隊する小高から「海軍航空予備学生は任官後六カ月の命」ときいた僕は、

「はったい粉、食うか」

と、わざと心細気な声を出す。

「食うで、食うで」

ふざけて声をかけ合ってから、畳の上に腹這い、めいめい原稿用紙の上にひろげたはったい粉をいつまでもおし黙ったまま嘗める。——

同じ昭和十八年に旧制高校の一年生だった私は、その一年のちに兵隊にとられたから、ほぼ時代の雰囲気を理解することが出来る。しかし、ここに出てくるすべての人物の、国家とその運命に対する真面目でひたむきな立ち向い方は、到底私の真似のできぬ所である。九州帝大の学生だけが特にそうだったわけではなく、同じ高校から同じその秋にいわゆる「学徒出陣」で出て行った三年生たちも、私の目から見ると国家に対して忠実で生真面目だった。私はその、国のために命を惜しまぬ勇気には頭が上らないのだが、同時に彼等が単純すぎるとも思っていた。

「日本の国のやり方はという風な云い方をする人には、どうしても僕はついて行けない。日本は自分である筈ではないか。自分の外にいる、別の生きものではない」

と、「前途」の中で「僕」はある上級生を批判している。簡単に位相を変える人間とは違って、庄野さんは（「僕」を庄野さんと重ねた上で言うのだが）伊東静雄と同じように、戦争の中に誠実に在った人と言えるだろう。

しかし、十二月八日（註　米英に対する開戦記念日を大詔奉戴日と称して学校などで式典が行なわれた）に久住山の雪を蹴って下山し、途中で宮城を遥拝する「僕」は、一方、授業のたびに宮城遥拝をさせられるのが苦痛だという理由で、ドイツ語の時間を何となく敬遠したりする。敵国の文人であるラムの随筆の読書会を苦労して続ける傍ら、アッツ島守備隊玉砕のニュースを読んで、いたたまれないような気持で、

「学生全部に動員令が下ってくれたらなあ」

と、ため息をつく。

つまり、庄野さんは多元の価値を認める人のようであって、如何なる意味に於ても、まなじりを決するていの一元論者ではない。しかも、自分の置かれた場所に対しては最後まで誠実である。——もっと憶測をたくましくすると、伊東静雄が言うところの、

「艶な味の、凄愴味のない文学」

とは、時に精神主義に傾きかねない伊東自身には欠けた、こういう庄野さんのしぶとい審美家の側面を言いあてた言葉かも知れないと思われてくる。「八十八夜」と「青葉茂れる」（註　楠木正成父子の忠誠を歌った落合直文の詩による唱歌）との違いもまた此所にある

のだろう。

晩、天祚帝紀をよみ終り、これで遼史の本紀の部をよんだわけ。この国、亡びる時は息もつがせずに亡びて行った。哀れである。

これは七月二十四日の日記だ。卒業論文の準備に「遼史」を毎日少しずつ読んでいて、その一日の感想である。

「前途」の「僕」は、日本の運命――また自分の与えられた運命をわがものとして甘受しながら、近付いてくる死を前にして達観はしないで「平家物語」の知盛みたいにその時その時に、誠実に思い悩み揺れ動いている。国家への憂いと同時に、異性へのプラトニックな愁いも、しばしば文章の中に淡彩の影をとどめている。悩みながら、しかし立ちどまらず、異常な日を、あるいは平凡な日を、たんねんに「僕」は僕流に歩いている。

だから運命から目をそらした者、逃れた者、運命に酔っている者に較べて遥かに物がよく見えたのだ。

第十七章　紺野機業場

「紺野機業場」は「前途」のほぼ一年後、四十四年の同じ「群像」の九月号にやはり「一挙掲載」され同年十一月、講談社より刊行された。

「ふとしたことから私は、北陸地方の海ばたの、さびしい河口の町で小さな織物工場を経営している紺野友次という人と知り合った。それからもう四年になる」

書き出しの言葉から逆算すれば昭和四十年に初めてその人を訪ねているわけで、年譜を見ると、「六月、石川県安宅町へ旅行」と出ている。これは「流れ藻」にとりかかった時期である。

「流れ藻」の主人公は若い時に家をとびだして千葉の近郊で忙しく元気に働いているが、ふと思い立って昔両親と住んだ福島県の田舎へ墓まいりに自動車で帰ったりする。既に一家が離散しているのに、いつもそこに心を寄せている感じがある。安宅に住む「紺野氏」

の、工場と棟続きの家の中にあるものは、「流れ藻」の主人公が心を寄せていた何かの実体かも知れない。それはまた作者の庄野さんが心を寄せていたものでもある。

往き来のはげしい幹線道路から少し入り込んだようなところがいい。そんな町に住む一家の消息を書いてみたい。
それも歴史という風な改まったものでなしに、聞き手の人間がその町へ訪ねて行く度に、いろんな話を順不同に書きとめるという形にしたい。身内の者でもなければ興味の無いと思われることでも、遠慮なくしゃべって貰う。むしろそういう話を聞きたい。
(単行本「あとがき」より)

紺野機業場は、往還から見れば「町の真中を通っている通路からひとつ裏手へ入ったところに建っている」鋸《のこぎり》屋根の、恐らく旅人の目には淋しい感じの町工場だ。向いと、畑を隔てた右隣りにも同じような物音のしない織物工場が建っている。薔薇とくちなしと茱《ぐ》萸《み》の植えてある前庭を通り、土間から工場を通り抜けて、庄野さんは硝子戸の向うの囲炉裏のある部屋で、小柄な「紺野友次氏」に逢って話を聞いた。そしてここでまだ生きている何か床しくてひろがりのあるものに触れた。そのもののありようを伝えたのがこの小説である。

ふしぎなもので、二度目からはもう通いなれた道を行くような気持になる。日本海のそばのさびしい、小さな町と自分はすでに旧知の間柄であるというふうに思い込む。

謡曲の好きな人なら、

「花の安宅に着きにけり」

と口吟むところであるが、私は前に来た時と少しも変らずにいる町を見ただけで、心やすらかになった。（中日新聞、昭和四十四年十二月十七日「海のそばの静かな町」）


四年間に三度、イノシシと同じように、「行き出したとなると、東京から米原、米原から小松、小松から安宅と、同じ道ばかり」通って庄野さんはこの家を訪ね、五年目に小説を書き上げた。

せっかくの安宅なのに小説には義経も弁慶も出てこず、織物工場のおやじの、ごつごつとつかえるようなお喋りが続いているばかりで、「いったい、どこまで読んだら話が始まるのだろう」と焦立つ人もいるに違いない。その問に対しては、話はもうとっくに始まっています、細部がこの小説の実体なのですと言う他ない。「作者は何を言いたいのだろう」と疑問を持つ人に対しては（実際そのような批評もあった）、この作品全体が答えなのですと言うほかはないだろう。

もともとこの家が描かれることになったのは、作品の中にも少し触れてあるが、「紺野氏の次男で大阪の放送会社に勤めている悠二君」（庄野さんの弟さんの同僚）から、「気が向かれたら自分の父や家族のことを書かれたらどうか、と声をかけられた」（東京新聞、昭和四十四年八月二十三日「土曜訪問」）のが、きっかけである。しかしこれはきっかけであって、元来、庄野さんがこういう世界の存在を予測し、心を寄せていたということが本当の理由だろう。さて実際にその場へ来てみて、見聞きして、自分が好もしく思ったものをとらえるために、庄野さんはそれにふさわしい方法をおのずから見出した。

明くる日、朝のうち、紺野氏は昔のことを話してくれた。

うちの親父は大工であったものですから、まあ大工やから、貰った子ではあるけど、昔は小松に中学がありましたが、安宅からそこへ通うのは金持の子で、一年に二人か三人も行けばせいぜいでした。普通の家庭なら、たいがい都会へ奉公に行くとか、家業を嗣ぐという時代でした。

ここだけ取り出してみると、意味の通じない文章の見本のようだけれども、元の言葉のもつれたまま、結ぼれたまま、わざとほどかずそのまま出してある。

「聞き書きという形式をとったのは、それが、この作品の内容に一番ふさわしい、と思ったからです。自分でも書き始める前、読者の立場に立って考えると、あるいは単調に流れて、退屈するかもしれん、と一応は考えたんです。しかし、話には、それなりの生きたリズムがありましてね、微妙なところでこわれる可能性もあるんです。もちろん、聞いた話をそのまま書いた、というわけではありません。話がわき道にいったり、同じことを二度繰り返したりというのも、そのほうが私には面白い。枝葉末節を切り捨て、人生の線をスッと引っぱるようなことより、このほうが面白味がある」（前出、東京新聞「土曜訪問」）

かといって「浮き燈台」の時のようにテープレコーダーを持って行ったわけではなく、「流れ藻」の場合と同じく丹念にノートに聞き書きをとった。安宅言葉の面白い表現に出くわすと、「一寸一寸、もう一回言って下さい」と頼んで、一字一字おさえるように書きとめた。ここでは言葉がそのまま事実の重みを帯び、文章は自然の一部のようだ。

かつて私は書評にこんな風に書いた。ある人間を描くことを目的とする小説がある。また人間を将棋の駒のように使って作者の考えを伝える小説もある。しかしこの作品は「話」が主人公である。「話」のはなしであるという点が、「紺野機業場」の小説としての新しさだ。ではどんな話か。その特徴を一口に言うと、「脱線また脱線」の面白さである、と。（サンケイ新聞、昭和四十四年十二月二十八日）

この表現が的確かどうかは判らないが、たとえば、「私」が最初に安宅を訪ねた夕方、紺野氏が風呂の火をつけてきてから湯が沸くまでに聞かせてくれた話は次のような形であった。

自分が子供の頃には、もう汽車が小松に着いていた。日露戦争の時は父に連れられて小松まで兵士の凱旋を見に行った。当時は安宅が一番さびれた頃で、昔は小まわりという近海航路の帆船の港で栄えていた。ここの舟乗りは出雲の境港に着くと、ついでに関の明神さんにお参りした。事代主命《ことしろぬしのみこと》の恋と鶏を忌む言い伝え。さて小まわりの積荷は畳表に九谷焼にお茶である。帰りは北海道から鯡《にしん》、〆粕、石灰。隠岐の材木、能登の庭石。そこへ起った鉄道敷設の話。町をあげての反対運動。陳情が成功した代りに港がさびれる。さびれた町で最初に織物を始めた秋本亮太郎。町の人が「共同」と呼んだ機業組合の成立。破綻。——

ところで、うちの工場は秋本の組合に入っていなかった、と先々代の始めた「安宅縞」のことからやっと家業の話になる。そういう工合である。

「流れ藻」をはじめ、これまでの聞き書きの作品の中に何度か繰り返されて来た叙述＝認識の形式が、典型的な形でここに示されている。勿論、紺野友次氏の話し方の癖や好みなのだけれども、それは同時に庄野さんの好みでもある。こんど庄野さんに確かめてみて、それが一層はっきりした。

「『脱線』は僕の好むようにやっているという所があります。ぼくがもし聞きたくなければ話題がAからBに外れかけてもAに戻ってしまうでしょう。ところがぼくが興味を持つから、その方向へ質問をして行く。BからC、CからDへ……。すぐに終点へ行き着く話は面白くなくて、傍道へ入ると、あるふくらみが出てくる。歴史が出てくるわけです」

もう一つ、「脱線」の実例を引いてみよう。「私」が紺野氏と散歩に出た時、岸の堤を浜の方へ行く途中で、杖を二本ついた男が紺野氏と立話をする。あとで「私」があれはどういう人ですかと尋ねると、「あの人は安宅の人で、紺野留吉、七十三、四でしょう」と紺野氏が答えて、そのあとにまた俳諧の付句のような展開が始まるわけだ。

留吉は昔は安宅に住んで、小まわり船に妻と乗り組んで商売をしていた。十数年前、川に底がつかえて船が毀れたので、若狭で木を伐り出す仕事を始めた。その時はもう六十歳くらいだったのに出先の妻が出来た。

話が変るが親鸞上人の七百年祭の時に、私（紺野氏）の小学校の同級生が三人集った。生き残りの四人のうち三人までが集った。

同級生の茶谷寅太郎は桶屋の息子である。昔は畑へ水をかける「水かけ桶」を各家庭が持っていて、――

と、桶と盥《たらい》の話になる。そこへ大津絵節の歌詞なんかも出てくる。（こんな風に要約していたのでは到底その面白さが出せないのがこの作品の特徴で、本当は話し手につき合って同じ歩調でゆっくり歩く以外に味わいようがない）

そのあと生き残りの同級生の身の上話から、寺参りの後に三人で寄った小料理屋の、代々の女房の顔の評定になる。さいごに、

「女性に対するあの方はどうか」

「茶谷君はどうや」

「わしなんか、もう全然そんな気分が無い」

「お前らは駄目やなあ」

という話題になって、漸く出先の妻をもうけた紺野留吉の話に戻る。

このような話の環が幾つも幾つもつらなっている所へ、関の明神さんの波切り御幣、九万坊さまの霊験、畳表を織る機械の製作、小まわり船の「かせき」、痛風の苦しみなどのモティーフが、まるでロンド形式の音楽のように繰り返して現われる。その流れにそって、輪を描いたり、戻ったり、たゆたったりするにまかせて読み進むうちに、もつれた糸のもつれ工合がおいおい判ってくる。たとえば点景人物のような紺野留吉をとり上げてみても、彼は友次氏の養父の従弟であり、若狭から女を呼び寄せるに当って友次氏が家や土地のことで口をきいて世話している他にも色々面倒をみており、その女の長女が留吉の養女になって今機業場で働いている。そして彼女は工場で紺野氏の奥さんに、自分の子供が本妻のばあさんにそそのかされて留吉じいさんをいじめて困るとこぼす——というような錯綜した関係の結節が浮んでくる。そして、それらの結節はまた他の人物や事件と八方に

深くつながっている。それをぼつぼつ解いて行く面白さがこの小説にはある。堅固で歯ごたえがあり、まるでこの世の中そのもののようだ。

つまり、紺野友次氏の語りくちは、そのまま彼の人間関係の在り方や、生き方をも表わしているのである。血縁、姻戚、知人、雇傭人が世話をし、されるという人間関係のほかに、日常の事件、小さな過去、大過去、信仰、行事、地理、気候……が、一本の木の生態図のように、（ここでは紺野友次氏を中心に）細かく枝や根を張り、からまっている。これらを枝葉ごと根ごとそっくり伝えるには、この語りくち以外にはないと断言したくなる。

天井から筬の音がひびいてくる家の硝子戸のこちらにいて、金沢の方角を「下の方」と言い、その逆を「京都の方」あるいは「川の方」と呼ぶ人の感覚や視点は、この語り方の厚みと深さの中ではじめて現実のものとしてとらえられる。ここから見た戦時中の大政翼賛会、ここから見たシベリヤ出兵、ここから見た米騒動や朝鮮の土地収奪の様相は、特殊で具体的で単純であるだけに、却っていきいきと眼に鮮やかに映る。私はこの小説に触発されて（大して関係はないのに）、シベリヤ出兵に関する書物を数冊読んでしまった。何かしら、そんな興味を惹かせる力が、この叙述のどこかにあるのだ。

聞き返す。反覆する。連想による「付合《つけあい》」。環をつくる。結ぼれたままで出す。――ここに見られる認識と記述の方法は、紺野友次氏にとどまらず、ひろく我々が人・物・時間について考え語る時、無意識に踏んでいる原則のように思われる。庄野さんの労作を通じて、私はそのことを知った。

私が安宅から帰って来ると、靴下やズボンのあちこちに小さな糸屑がくっついていた。自分では気がつかないが、織物工場をしているお家へ二日か三日、泊めてもらっていると、いつの間にか、こういう糸屑がくっつくらしい。

それも、家内にいわれるまで、分らない。向うの家では、お母さんが工場の専従ということになっていて、実際、一日のうち、殆ど工場にいて仕事をしている。その間には家族の食事の支度もしないといけないし、客が来ればお茶も出さなくてはいけないので、行ったり来たりしている。お母さんの割烹着について来た糸屑が、畳の上に落ちているのだろう。(前出「海のそばの静かな町」)

小説が書かれて四年経ったいま、「紺野友次氏」はもうこの世にない。時間が来るとモーターのスイッチを入れていたおばあさんも亡くなった。気の毒なことに、作者に安宅訪問の段取りをつけてくれた次男の「悠二君」がまた急逝した。当時病床にあったお父さんはそのことを知らないままで亡くなった。お母さんが元気で、ひとりで機場を続けているという。

「ぼくには（紺野氏のやり方は）旧弊じゃなく新鮮で、家族がだんだん大きくなって行く場合のまとまり方として、新しい生き方を示してくれているように思える」

と、庄野さんは語った。

第十八章　小えびの群れ

四十五歳から五十歳までに、庄野さんは殆ど毎年長篇小説を書いている（計五冊）。ほかに短篇集を三冊、随筆集を二冊まとめ、大きな文学賞を三つ受けた。私生活の上では、お嬢さんが結婚して、庄野さんは五十歳でお祖父さんになった。

短篇集『小えびの群れ』（昭和四十五年十月、新潮社刊）に収められた十一の短篇は、短篇集『丘の明り』に引き続く、四十七歳から四十九歳までの作品だ。目次では、これらが次の三つのグループに分けてある。

1　「星空と三人の兄弟」「尺取虫」「パナマ草の親類」「野菜の包み」「さまよい歩く二人」「戸外の祈り」「小えびの群れ」

2　「秋の日」「湖上の橋」

3　「雨の日」「年ごろ」

「1についていうと、（略）『丘の明り』から、こんなふうな小説を続けて書いてみたいと思うようになった」

と、あとがきにあるが、短篇「丘の明り」を、同じ作品集の「冬枯」「行きずり」「まわり道」などに較べてみると、日常の見聞を素材にしながら、後者が「現在進行中」の時間をいわば一筆に辿って行くのに較べて、前者は一つの事柄を何人もの口を通じて繰り返しなぞっている。その上、「丘の明り」には「口まがり一家」というアメリカの民話なんかも出てくる。口まがりの家族が入れかわり立ちかわりランプの火を吹き消そうと努める笑い話だが、これが一種の鏡になって、山の上に住んでいて裏の崖の籔の中に見えるふしぎな光におびえる「こわがり一家」の一人一人の、一見とりとめない言動の中にある深みとひろがりを映す役割を果たしている。

「星空と三人の兄弟」（昭和四十三年「群像」二月号）は「丘の明り」に似た仕組みとはたらきを持った短篇である。「ぞっとする」ことを覚えたくて家を出て広い世の中をへめぐる男の子の話を追いながら、「私」は自分の家にいる上の女の子と、その下の二人の男の子たちの日頃の言動を、次々に思い浮べる。連想といっても色んなつらなり方があって、似たようなことを思い出したり、とんでもないところへ飛躍したり、である。断片を重ねて深みを出すのは庄野さん固有の方法だが、しかし、この短篇の根にはグリムの童話がある。（仮に、童話を甘い童話と辛い童話に分けると、「私」の一家は辛い方を好む傾向があ

っている）

る。アンデルセンはちっとも面白くないけれども、グリムは全く面白いと考える気風を持

「ぞっとすることを覚えようというのか。それもよかろう。だが、そんなことを覚えたって、御飯を食べてはいけないぞ」

私は、こういう会話に心を惹かれる。こういうところがあるので、魔法やお化けやその他さまざまなふしぎが、みんな生きて来るのではないか。

「お前も何か仕事を覚えて、自分で食べていかなくちゃいかん」

というひとことには、父と子、或いは男、生活、家族と世の中――すべてそういうものを引っくるめて要約したようなところがある。

こんな見地からグリム童話の魅力をとらえた言葉も珍しいが、――ともかく、これほど根の深い、単純化された童話が土台にあるから、作者のイメージは自由に楽々と飛翔してはまたそこへ戻って来られる。そして最後に童話と現実がうまく結びついて終る。

（「ぞっとしたい」男の子と、流れ星を見たかった「私」の家の上の男の子は、どちらもなかなかうまく立ち廻り、さいごに目的を果たして躍り上って喜ぶ）

「二つを無理に結びつけたんじゃなくて、偶然思いついた」

と、庄野さんは言う。たしかにこの作品は、結論を先ず決めてそこから逆に書きおこす演繹的な小説とは様子が違う。

「自分の日常生活は散文的であるとしても、こんな風にグリムなんかと結びつけることによって、一つ客観的に、(たとえば子供の体操もてれくささなしに、童話の中の兵隊の動作のように)書けるんじゃないか。——そういう気持もおのずとあったのだと思う」

「尺取虫」(「季刊芸術」)の掲載誌は四十三年冬季号となっているけれども、前年十二月の読売新聞の文芸時評(二十六日)に取上げられているから、年内に発行されたのであろう。筆者は吉田健一氏で、少し長いが引用する。

「季刊芸術」に庄野潤三氏が「尺取虫」を書いている。要するに、何か名前がわからない花を摘んで来て一輪ざしにさしたところが、その小枝の一本が、実はそこに片方の端で立ってじっと動かずにいる緑色の尺取虫だったので、主人公とその一家が驚くということが発端になって、どこか小田急の沿線と思われる場所に住むその一家の生活が、その辺の動植物を通して描かれ、我々はそれを読んで行くうちに、この尺取虫に対する驚きが、小説のその部分に限られたものではないことに気が付く。恐らく、それが、この小説を小説にしているのであって、驚くことで目が見開かれ、その目に映ったものは生きて、それまで主人公が家のものたちに言われて幾らさがしても、どこにいるのかわからなかった尺取虫が、我々の目にも映る。しかし、文章で一群の人間を描き、彼らに行動させ、その生活を語るには、目にこの働きが絶えずなければならないはずで、(略)このことは観察というのとも違っているようである。

「庄野氏」の作品は、観察によって事実——何か物質についてのどうでもいい一つの命題——を集めた、明治以後のいわゆる「随筆」ではなく、また一般に私小説が(実はだれが何をしてそれからどうなるという読者の卑俗な好奇心から)読まれて来たようには読まれる心配もなく、——

「尺取虫」では尺取虫が、また、それに見入る家族が、我々をその場に引き留め、やがてそれが子供たちが蹴球の練習をしているのに変わり、それが変わるのは作品を流れている時間が、我々をそこまで持って行くからである。(読売新聞、前掲号)

「パナマ草の親類」(昭和四十四年「海」十一月号)で面白いのは、冒頭、兄の家から送られて来た、空気みたいに軽い(いつもの食料品ではち切れんばかりのとは違った)小包を受けとった時の「彼」の拍子抜けについての叙述が六枚分ほど続くところだ。

ここで思い出されるのは、「秋風と二人の男」で、初秋の夕方半袖シャツを着て街に出てしまったことを、「山高帽子」で、うっかり二等船室の貸毛布を二枚使ってしまったことを、主人公がいつまでもくやんでいる叙述である。

あまり所帯じみているようで、きわめて威勢のよくない心の動きが、（自嘲的にではなく）具体的に、ひろげたり畳んだりしながら確かめ確かめ書かれてユーモラスだ。

だが、早合点はよくない。郵便屋が持っているのは、あのふくれ上ったような、内部の充実が思わず知らず外にまで現われてしまったという、いつもの小包とは違った。丈夫な紐を幾重にも巻きつけて、中身がひとつでも転がり出ることのないように食いとめている、あの小包ではなかった。

このような文章によって、私たちは小包というものの本質に、新しく直面する気持になる。

「野菜の包み」（昭和四十五年「群像」四月号）では野菜を包んだハトロン紙の包みが「ぐらり」と揺れてから、台所の戸を閉めきって、ガスレンジの後ろのねずみの逃げ路も塞いで、ふとん叩きを構えるまでの間に、「ハメルンの笛吹き」の話から、十七世紀のオランダ画家の描いた「ねずみ捕りの男」という銅版画、ドイツの昔の漫画本、「三びきのねずみ」という輪唱の曲まで出てくる。

庄野さんがよく使う言葉だが、ねずみという生きものには古来それだけの「底力」があるのかも知れない。

「さまよい歩く二人」（昭和四十五年「文芸」三月号）の「二人」が二組ある。

先ず、女の子と男の子が休日に美術館と動物園で見聞きして来たことを報告させられている。（この家では父親の影響を受けたせいか、子供が休みの日に外へ出たがらないのだが）マンドリルという猿の親が目のあたりに縦じわを寄せて、子猿を寄せつけないという話になる。

「雄か」

と彼は聞いてみた。

「雄だと思う」

と良二は云った。

「きれいだから」

そして、ただもう不機嫌な顔をしている。

このあとに、ひまを出された兵隊が歩きまわっているうちに一人の狩人と仲間になるという童話が入る。もう一つ「金の毛が三本はえているおに」という話も入る。小説の素材と童話のバランスが後者に傾きすぎて、これではグリムに原稿料を払わないといかん、と庄野さんが言った。

「戸外の祈り」（昭和四十四年「婦人之友」五月号）に、「子供が勉強机に向っていれば、宿題をしているものだと、われわれは思いがちである。まさか兄弟でそんなことをしているとは、気が附かない」というくだりがある。子供たちは十円玉を指ではじいて受けとめては、裏か表か当てっこをしていたのだが、こんな風に知らない間に、同じ家の中で別の秩序の時間が経過している。子供が大きくなればなるほど、親の知らないその部分が大きくなる。だからこの父親は、子供たちから一所けんめい聞きだして、気付かないままに埋もれ去ったかも知れない珠玉のようなその時間を掘りおこそうとしているのだろうか。

ここで卵にことよせてしつこく弟にかまう上の男の子の姿は、むかしの庄野さんの小説で、いつも次兄を組み伏せていた長兄を思い起させる。

「小えびの群れ」（昭和四十五年「新潮」一月号）では居眠りが大事な役をつとめている。読んで行くとすらすら読めるのだけれど、実は頗《すこぶ》る複雑な工合にテンスが組み合わせられている。うたた寝をしている父親が、目をあけると、すぐ前で針が揺れている。（それは電気の実験らしかった）こんど目をあけると、針の代りにこまかな黒っぽい粉が見える。（同じ科学雑誌の付録で、こちらはアメリカ産の小えびの卵であった）父親は起き上って話の仲間に加わるが、三日ほど経ってから、彼は思いついて自分が眠っていた知らない時間に起ったことを問いただす。……

こんな会話がある。乾燥してある小えびの卵が、壜の中で、このまいくらでも眠っているという話題から、

「どのくらい、眠っている」

「このままだったら、十年ぐらいは平気なんだって」

しばらく眺めていて、

「わしも十年くらい、眠っていようか」

と彼は云った。

「乾燥した卵になって、こんな風に」

そのあと小えびの卵のかえった晩に、男の子はまた此の間の会話から思いついて、こんなことを言い出す。

「人間もそんなに出来たらいいんだけど。人間は、とめること出来ないから。始まったら、終りまでずうっと」

こういう凄い言葉を、さりげなくしかし確実に作者は書きとめている。

「秋の日」(昭和四十四年「文芸」一月号)は昭和三十九年の作品「曠野」と、時間的に接

続している。（野菊の花を折ってノートにはさんだところで、「曠野」と重なった）どちらも昭和十八年秋の満洲旅行の日記から生まれた作品である。

　せっかく鏡泊湖までやって来ながら、大学生の「私」は、まるで始めから帰りたがってばかりいる。それから幽霊と鬼《クイ》の話が出てくる。宿の世話になった「岡村さん」の義足の木のきしみにも触れている。

「こんどの戦争で、足の悪いあのひとがどうなったかと思います」

　と、庄野さんは語った。

「湖上の橋」（昭和四十三年「文学界」九月号）は作者夫妻のガンビア滞在中の南部旅行が素材になった連作のひとつである。第十章で触れた「南部の旅」にはじまるバス旅行は、「湖上の橋」でニューオーリーンズに到着して終るが、「私」はいきなり警官に旅券を見せろと言われて不愉快な目に逢う。最後には、おいしくて親切な料理店に行き当るのだが、庄野さんが「秋の日」と並べてここへ収めたのは、イメージの重ね合わせによって、意外な面白さが出ることも狙っているのだろう。

　はじめて読んだ時は、クレオル料理店「ツウ・ジャック」の味と量と値段の廉《やす》さに心を奪われて気がつかなかったが、あとの方に出てくるバスで発つ娘をいやいや見送りに来た（らしい）禿げ上った痩せ男の姿が心に残る。

「雨の日」（昭和四十四年「風景」三月号）、「年ごろ」（昭和四十五年「文学界」二月号）、この二つが3に分類されている。「雨の日」のポストと食料品屋と歯医者、「年ごろ」の（化粧品店はどうだったか忘れたが）板金屋は、既に「雉子の羽」で、おなじみの場所だ。

ポストと食料品屋は駅のこちら側、つまり五年前までは赤松や櫟《くぬぎ》の生えていた山であったところにあり、あとの三つは山を降りて踏切と県道を渡った向う側だ。化粧品店は県道沿いだが、歯医者と板金屋のじいさんの家は、駅の向うの山にある。大体そういう地形がこちらにも呑みこめている。「雉子の羽」に出てくる米屋も八百屋も、食料品屋の隣りにある「屋根」の肉屋も、みなこのあたりに散在している。そして家族の誰かが乗り合わせた電車や学校の教室もひっくるめて、いわばこの一家の生活感覚圏の内側にある。——つまり庄野さんの読者にとっても既知の場所であり、人々でもあるわけだ。

第十九章　屋根

いつか庄野さんのお宅でご馳走になったステーキは、白い大きめの皿いっぱいにひろがる七弁か八弁の花びらのようで、端から端まで、脂がのりすぎることもなく、入れ歯に筋がはさまりもせず、いかにも食べるとそれだけ力が体につくという感じがした。

「屋根」（昭和四十六年十一月、新潮社刊）は、いわばこの肉の出所を訪ねて、見て聞いて書いた小説だ。もっともその大本には、庄野さんの家でふだんおいしく牛肉を食べているということがある。安くていい肉を売る店が、団地が出来た頃に店開きして、その店の人々と庄野さんの家族は、道で行き逢えば口をきくような間柄になる。「雛子の羽」（昭和四十三年）にも、「屋根」の肉屋の「忠夫君」になるモデルの若主人に対して興味と共感をもつ挿話が入っている。こういう下地が先ずあって、それからある日、庄野さんは若主人のライトバンに乗せてもらって芝浦の食肉市場を見に行き、更にこの店の仕入れ先である若主人の父親の家（仕事場）を訪ねた。

「こうして見に行って肉屋さんが身近に親しくなると、こちらの気持も牛に対して、あんなおいしいものを食べさせるために生れてきて大きくなって、……という風におのずからなってきた」

と、庄野さんは言う。小説の中では作家の「茂木」が、茨城県らしい街道沿いにある「お父さん」の鉄筋の家に泊る。そこには屠場と十二坪の冷蔵庫も付属している。お父さんはもともとは「馬喰」で、近在の農家に食用の「素牛」をたくさん預けているが、自分の牧場も持っている。

街道からわきへ入った静かなところに牛小屋がある。お父さんはじいさんと一緒に入って行ったが、いきなり前にこぼれている藁と飼料の粉のまざったものを両手で掬って、飼葉桶の罐の中へ入れた。

「いい牛だぞ、これは」

「いい餌だな」

「いい餌だ」

（略）その間にもお父さんは、中庭にある水道からバケツに水を汲んで来て、罐へ入れてやったりした。牛小屋へ一歩入っただけで、この人は身体ごと、そこの空気に融け込んだように動く。

こういう表現から、私は初老の男の意外にしなやかな身のこなしを感じ、それを快いものに思う。その快さは、どこか味覚の喜びに通じるものがある。

「飼料も大事なんです。大豆粕とか麩《ふすま》では脂がよくならない。やはり麦を半分混ぜたものでないと、よくならない」

まるで調理師の言葉だ。飼葉桶に移された麦の粒が、目の前で味のよいきれいな蛋白質に変っていきそうな気がする。庄野さんの目と手は、牛とくらす「お父さん」の姿をこんな風にとらえている。「お父さん」は「紺野機業場」の紺野氏のように、「流れ藻」の近雄のように、自分の生活をしっかり握った魅力のある人物だが、そこまで前面には出さずに、牛と一緒に生きている人として描かれ、またそう描かれている部分に一番魅力がある。

雨の日に、「お父さん」に連れられて行って茂木が見た牛の市の牛と人との雑踏は、かつて散文で描かれた牛たちの、最も美しくいきいきとした描線の一つであろう。茂木が市場の事務所の窓のところから見ていると、寒そうな顔をして黒牛を引いて行く人がいる。途中で前へ行かないでひとまわりする牛がいる。とまって、下の地面を見るようなふりをするどっしりした黒牛は、綱を引かれると、素直に歩きだす。

傘をさして黒牛を引いて行く人がいる。綱の端で尻を叩きながら、赤の小牛のそれもうんと小さいのを連れて行く人がいる。

怒って吠えるのを引いて行く人がいる。日高のような、こんなので売り物になるのかと思うような牛が、はねながら歩いて行く。大きな乳を左右にゆすりながら、おとなしく歩いて行く牛がいる。

大変だというように、牛も人も一緒に駆け込んで来るのがいる。時間に遅れそうになったからだろうか。手拭いで頬かむりをして、背中をかがめて走る。

それから、せりが始まる。連れだされた牛のまわりに人が詰めかけ、腹の皮をつまんだり、口の中を見たり、尻の下へ手を入れたりする。みな肉牛だが、まだすぐ殺されるわけではない。買い取った人はまた農家に預けてじっくり肥らせる。

いい顔をした赤牛がつながれている横へ、乱暴な黒牛がつながれた。黒牛はいきなり頭を摺りつけてくるが、赤牛はそっとよける。

乱暴な人が来た、というような様子も見せないで、そのまま静かにしている。

黒牛の方は、それでは気が済まないらしく、今度は頭でちょっと突いて来る。赤牛はよける。

怯えたようではなく、また、気を悪くしたようでもなく、穏やかによける。

「柔和な眼をしている」

茂木は窓のこちらから赤牛の瞳に見入った。


ここでは生きている牛を「立ち」と言い、殺して吊り下げられたのを「枝」と呼ぶ。肉屋の忠夫君にそう教わって、「茂木」は「そのままでひとつの詩のようなひびきのある言葉」だと思う。

一箇所だけ、小説の冒頭に、その吊るされた枝がどこまでも続いている光景が出てくる。たおやかな筆で、まるでしずかな冬の林の中を歩むように描かれている。「ゆっくりと滲み出し、したたり落ちるものが、下へたまる」という表現が、敬虔な音楽のように聞える。

その音楽が、はたと止まる。不意に横あいから、枝が立って向ってくる。駆け出すようなふうに、こちらへ突進してくる。――

曳かれて行く最期の時は、牛には判る。だからそれは書いちゃいけないのだ、と庄野さんは言う。

どっちみち、人間は牛に対しては加害者である。それについて庄野さんは弁解や反省をしているわけではない。その牛たちのやさしくおだやかな姿を前面に鮮やかにうつしとると同時に、「牛に寄り添うようにして暮している」人々の生活を、喜びとかなしみとを、あわてず静かにいつものレンズにうつしとっている。中学時代に万能選手だった長女の死が、何度も繰り返して出てくる。お父さんは自分の一生は「馬喰一代」だという。忠夫君がはじめ、あと四年で今の店をやめて田舎へ帰らねばならないと言った時、「茂木」はその理由がよく判らなかった。しかし、お父さんの家へ行ってみて、すぐに了解できた。牛に膚を接するように生きているお父さんの仕事の勘どころは、肌身でひとつひとつ覚えてゆく他ない。まとめて教わるわけにはゆかないし、「今日あったことが、明日もう一度あるとは保証できない」からである。——そしてこの人々の描き方は、いくらか控え目で淡い。

単行本の巻末に庄野さんのあとがきがある。美しいもの、あわれなものを、あるがままに深くとらえる庄野さんの立場が、見事に要約してある。

大きな、見飽きのしない体格と柔和な眼、しみじみと耳に聞えて来るあのなき声——もしこの世の中に牛というものが一頭もいなくなったら、どんなにさびしく、詰まらなくなるだろう。

多分、その時はわれわれの人間生活も終りであるかも知れないが。

「屋根」は、牛に惹かれる私の気持を、このすぐれた家畜に寄り添うように暮している親子、夫婦の上に移したところから始まる小説といえばいいだろうか。

なお、この小説は最初、次の順序で雑誌「新潮」に発表され、単行本にまとめる際、加筆訂正された。

「屋根」（昭和四十五年八月号）
「父と子」（同年十二月号）
「村の道」（昭和四十六年七月号）

第二十章　絵合せ

短篇集『絵合せ』は昭和四十六年五月、講談社から刊行された。

庄野さんの長女（夏子さん）の結婚式が、昭和四十五年五月にあった。表題になった「絵合せ」（同年「群像」十一月号）は、著者の要約によれば「もうすぐ結婚する女の子のいる家族が、毎日をどんなふうにして送ってゆくかを書きとめた小説」である。この文章の主語が「女の子」でも「私」でもないところが、いかにも庄野さんの文学らしい。

確かに結婚というのは、人生の中で大きな出来事に違いないが、ここに描かれている、それひとつでは名づけようのない、雑多で取りとめのない事柄は、或は結婚よりももっと大切であるかも知れない。それは、いま、あったかと思うと、もう見えなくなるものであり、いくらでも取りかえがきくようで、決して取りかえはきかないのだから。

（あとがき）

あとで述べるように「絵合せ」という作品の中で、作者はこの言葉を証《あか》しているが、短篇集の構成そのものも、また右の考えを表現しているようだ。

「蓮の花」（昭和四十六年「文芸」一月号）は、「親戚の子供が三人、こちらの家族が四人」、合わせて七人がゴム草履を履いて広島市の親戚の家を出て、汽車とバスと渡し舟を乗り継いで瀬戸内海のひなびた島へやってくる話である。

前に「彼の家族」が五人揃って広島へ来た時に、親戚の家の一番小さい甥がそれぞれにつけた渾名が、作品の中に披露されている。それによれば、彼は、

「ちょっと年とってーる」

そのころ会社勤めをしていて、いまは結婚している上の女の子は、

「ちょっと太ってーる」

である。

この親戚の家では夕飯どきに、お祖母さんが号令をかける。

「さあ、めいめい自分の旦那さんのお膳を持って」

すると、お祖母さんを先頭に、義姉と、客である彼の細君と、女が三人お膳を持って台所から座敷へ行進する。——

あれは、お嬢さんが結婚して何箇月目だったか、たまたま私が同行していた時に、

「おさびしゅうございましょう」

と、女のひとに挨拶されて、庄野さんがいつものはっきりした口調で、淋しいどころかむしろ充実した毎日が続いていますという意味の返事をしたことを思い出す。

「仕事場」（昭和四十六年「新潮」一月号）は二十五枚の小品だが、これはまた、一転しておそろしい小説だ。

材料をちゃんと取っておいて、どんなに短くてもよいという約束を編集者にとりつけてから、その代り題材に対して作者のとるべき節義として、一字といえども余計なことを書くまいという意気込みで書いたと庄野さんは語った。

近く結婚する娘の結婚衣裳の仕立てを頼みに行く奥さんの目に触れた平凡な洋裁店の様子がただ平明に書きつらねてあるように見えるのだが、実はそれは肉眼に見える氷山の一角に過ぎないのである。しかし思うに、ウェディング・ドレスの仕立ての相談と、金魚を常食にする熱帯魚とをこんなに自然に対置できたのは聞き書きなればこそだろう。でなければ、そんな会話の奥に赤ん坊の泣き声までは拾えなかったろう。

「何といっても、こちらの話している人間（『彼女』）は、洋服を安く作ってくれる人という気持で相手を見てるから」

と、話し手の無心の目を、庄野さんは強調した。

「カーソルと獅子座の流星群」（昭和四十六年「文学界」三月号）は、『小えびの群れ』の分類なら1に入る短篇だ。

獅子座の流星群は、その年の十二月十日までの数日間（日本なら）午前四時ごろの空に多く流れている。目覚し時計をかけて起きだして、良二は十五分間空をみつめたがとらえることは出来なかった。

一方、この家の計算尺にはちょっとした歴史がある。彼が海軍で使い、長女の和子が高校三年の時に使い、続いて明夫の代になって行方不明になった。それを、こんど良二のために、子供部屋のがらくた山の中から明夫が探し出したが、しかし硝子のカーソルが無くなっていた。

そして、明夫と良二が応急に作ったカーソルの素材のプラスチックの板にも、またひとかどの歴史があり、……

物が持っている時間の軌跡、ともいうべきものに、この頃庄野さんは興味を持ったらしい。生家の屋根の修理で出てきたロンドン土産の山高帽子（「山高帽子」「パナマ草の親類」）、一度失くして机と机の段差の隙間から現われた良二の笛（「小えびの群れ」）、和子が婚礼の荷物の中に入れた、擦り切れた縫いぐるみの虎と兎（このあと「絵合せ」の中で触れる）なども、その例だが、特にこの長い題の短篇では、物に即して「彼」が聞きただしたり傍道へ入ったり連想したりするうちに、いわゆる物にまつわる感傷などとは全く次元を異にした、清新な発見にめぐり逢うのだ。

「鉄の串」（昭和三十九年「群像」二月号）という題名は、行きつけのビア・ホールで三人の男が必ず注文する海老の串焼きから来ている。

ここのビア・ホールでは蓋つきのジョッキを出す。

彼はひと口ビールを飲む度にジョッキの蓋をした。聞き手に廻っている二人も、同じようにしている。

多分「秋風と二人の男」の二人が入った店と同じ所だろう。丁度この頃出たある雑誌のグラフのページに、庄野さんと長女の夏子さん（当時高校一年生）の写真が載っている。そのわきに夏子さんの書いた文章がある。三人のお喋りの中味と関連があると思うので引用しておく。

父は時にはとても信頼できる「お父さん」です。何か事件があったりすると、一生懸命になってよく解るように説明し、また諭してくれます。そんな時、私は父の前でいつの間にか固くなっているのですが、心の中では「本当に頼もしい」と思っています。でもその他の時は、とても愉快な「お父さん」です。近所の方々と野球をしている時は、自分が何か失敗をすると、頭をおさえ、片足を上げて「しまった」と叫びます。面白いことがあると、心から楽しそうに笑います。父は小さな声で笑ったことがなく、いつも大きな声で笑います。運動しておなかを減らしてからの食事も父の楽しみの一つです。ごく平凡な食物を食卓の上で色々にとり合せて純粋な日本の味を作り出すのが上手で、そんな時私にも作るように勧めます。それは必ずおいしいのです。

私がもう一つ思うのは、父は生物に対してやさしいという事です。植木に日照りが続く時など、毎日水をやるし、昆虫などを殺すと叱られます。こんな訳で父には色々の面がありますが、私はどれも好きです。

「父母の国」（昭和三十四年「婦人之友」三月号）、「写真家スナイダー氏」（昭和三十七年「風景」十月号）、「グランド・キャニオン」（昭和三十六年「風景」四月号）は「アメリカ土産」の作品だ。

庄野さん夫妻がアメリカ・オハイオ州ガンビアに滞在したのは昭和三十二年から翌年にかけてである。

その一年間の、終りと、まんなかと、始まりとに見聞きした事柄、――「心配さん」「たまごまま」という古い日本の言葉と心にアメリカでめぐり逢ったこと（「父母の国」）。仕事熱心なスナイダー氏と、父を手伝うしっかりした上の子と、まだあどけない下の子の姿（「写真家スナイダー氏」）。大峡谷の代りに小学校の授業風景を眺めて「これがアリゾナの学校だ」と思い、松林に寝そべっては「まあ、こんなところで自分たちは何をしているのだろう」と思ったこと（「グランド・キャニオン」）――などを、まとめたこの三つの作品を、順にこの作品集の中で読んでくると、「きみたちが日本で留守番をしていた間、こちらはこんな風だった」と、子供たちにとって長かった不在の時間を、自ら埋めようとするメッセージのように、私には受けとれるのである。

さて、最後に「絵合せ」（昭和四十五年「群像」十一月号）である。（触れるのが最後になったが、本当は短篇集のいちばん初めに据えてある百三十六枚の小説だ）

私は庄野さんのお宅で絵合せのゲームに参加したことがある。長女の夏子さんの結婚が昭和四十五年五月で、その少し前か少しあとか、どちらかだったと思う。

この家族は、もうこれで四十日も「絵合せ」をしている。

毎晩、九時半か十時ごろに――あとから帰った和子の食事が済み、片附けも終って一服していると、やがて明夫がズボンのうしろのポケットに「絵合せ」の札を挟むようにして、みんなの前へ現われる。

一回の勝負が、ちょうどお茶の時間くらいで済む。長くかからないところがいい。

どうして彼等がこの競技を始めるようになったかというと、その年の正月まで遡らなくてはいけない。

お正月の休みに和子が良二に本を買ってやった。その時、本屋のおばさんがくれた「絵合せ」が、そのまま一箇月間机の上に置いてあったが（まだ札にはなっていなくて、折畳まれた紙のままで）、ある日大学受験生の明夫がこれをみつけて、早速鋏《はさみ》で一枚一枚、札を切り離すと、「一回、やってみようよ」と、みんなのいるところへ持って来た。もっとも、いく分遠慮がちに。——小説ではこういうことになっている。庄野さんの小説の題名になって外函に印刷されると、「絵合せ」は「枕草子」の時代の典雅な遊びという感じがしてくるが、私が手にした絵札は（小説のなかにも書いてある通り）、うすいボール紙に童話や宇宙活劇の場面を刷りこんだ、出版社の宣伝用の「おまけ」の紙きれであった。

次の晩、明夫が再び「絵合せ」の札をみんなの前にばつが悪そうに取り出すと、「つまらないから、よせ」と言うかと思っていた父親が、案に相違して賛成した。明夫は大喜びで札を配り始める。——入学試験を目前に控えた明夫がいかにも気兼ねしながら手品みたいに札を取りだすところが面白いが、父親が賛成するのも面白い。そして、同心したのは二人だけではなく、気が付いた時には、一家五人が一日一回「絵合せ」をするために万障繰り合わせるようになっていた。（それは明夫の入学試験の前夜も、発表を見に行って名

前がなくて帰って来た日も全く変りない)

庄野さんがルナアルの「葡萄畑の葡萄作り」の中の「フィリップ一家の家風」という作品をひいて、「家風」について述べているエッセイがある。(「あわれときびしさ」——「暮しの知恵」昭和四十一年七月号)そこではこんな風に説いている。普通「家風」というと、それを口にする人が威張っているような、いかめしい感じを他人に与える。しかし、たとえば、自分の家族の生活を、たまたまこの家へ来合わせたよその人のような目で、興味を持って見守ると、いろんな面白いことに気がつく。「それが習慣になって、自分たちは当り前のように思っているが、ほかの人が見たら『何て変ったことをする家族だな』と、びっくりしたり、不思議がったり、呆れたりするようなこと」がどの家にも必ずあるのではないか。その流儀のようなものが何ともいえぬおかしみを持っている時がある。家風というものは、こんな風に、見る人の心に「あわれ」と映るものであるのがいい、と。——「ザボンの花」、「静物」、「鳥」、「夕べの雲」、「雉子の羽」……と、時の経過と共に年齢を加えて描き重ねられて来た一つの家庭の「家風」が、ここでは「絵合せ」に万障繰り合わせる一家としてあらわれている。

この遊びは、五人でするのがちょうどいい。一人多くなると、欲しい札が誰のところにあるか、当てるのが難しくなるし、反対に一人少くなると、今度はすぐに分ってしまって、呆気なくなる。

「絵合せ」という言葉が先ず象徴的だが、五人でするのが一番都合のいいゲームを、五人家族がまもなく一人減るというぎりぎりの間際になってうまくみつけだし、同心して数箇月間みんなでたのしんだこの家族の人生の智慧を、庄野さんは「たまたまこの家へ来合せた誰かのように」興味を持って書きつけている。

「もうすぐ結婚する女の子のいる家族が、毎日をどんなふうにして送ってゆくかを書きとめた」と庄野さんが短篇集のあとがきに書いているが、作者はただあけっぱなしのカメラで「書きとめた」のではなく、こうして「絵合せ」に即《つ》くことで、娘の結婚を描く新しい視点をひらいたのだ。その事情は、次の談話から察することができる。

「娘の結婚で父が感傷的になるのは、ぼくの一番好まないところで、式から帰って男泣きしたというような当り前な小説を書きたくない。前から娘の結婚のことを作品にと言われていたけれども、あまり乗り気になれないでいた」

「しかし結婚の少し前、作品では『黍坂』となっている数キロ離れた新居へ新婚の荷物を鼠の引越しみたいに少しずつ送っていた頃、来合せた『群像』の編集者にその引越しの話を一寸したことがある。子供の頃のおもちゃのくたびれた縫いぐるみの虎と兎が、ある時その引越荷物の中に入っていて、というようなことを話した。別に小説にするつもりで言ったわけではなかったのに、ぜひそれを書いて下さいと言われた」

「そういう話をしているうちに（絵合せのゲームのことは言わなかったが）、ある書き方をすればぼくの嫌でないような小説が書けると思い始めた。一つには『明夫と良二』のためのメモ――子供のすることを一年間綿密にノートしようということを始めていた時期でもあった」

ある書き方とは、どういうことだろう。

「ぼくは日常生活の中での滑稽味のあること（わざとらしいのはいけないが）に、心がひかれる。だから娘の結婚でも、まわりの人が見て、この家族はだいぶ変っとるわいと思うだろうというような気持をまじえながら、あとで作品を読み返して気恥しくならないような、他人の家族の話を読んだような面白く新鮮味のある小説になれば、と思った」

「書き始めたのは結婚式後ひと月くらいあとだと思うんですが。最初からの構想で、式そのものは書かず、式の日が近づいてくる、ある限った日の間ということにしていた。しかも僕の興味を最もひいたのは、絵合せに家族が熱中し始めて、式の日が近づくにつれて盛り上って行ったということです。これは面白い話だと自分で思った」

「だから非常にたのしかったのです。すーっと出来てしまった。すでにノートが出来ていたのが幸いして。その中から何を採るか何を棄てるか。採ったものはなるべく圧縮し、必要なものはどんな瑣末なエピソードでも採って、一つの流れを追った。どこまでも現在進行形で、過去のことは殆ど入れていない。入っているのは和子の就職が決まった時にお礼詣りに行ったことと、虎と兎の縫いぐるみくらいかな」

その「虎と兎の縫いぐるみ」のくだりを見てみよう。


不意に細君がびっくりした声を出した。

「これ、まさか、持って行く気じゃないでしょうね」

部屋いっぱいに引越荷物をまとめてある中に、もういい加減にくたびれた恰好の、縫いぐるみの虎と兎がのっかっていた。

兎の方はズボンを穿いているのだが、布がすり切れて、中の詰め物が少しだけ見えている。虎はどうかというと、やっとのことでちぎれずにつながっているものの、見る影もない有様であった。

「これだけは持って行かないで」

と細君はいった。

「お願いだから」

そのあとに回想が入る。まだ幼かった和子と明夫がこの縫いぐるみの虎をかわりばんこに自分の寝床へ持って入ったこと。その順番のことで二人がもめたこと。――十年前に書かれた「静物」を見ると、同じ情景が小学五年生の姉と一年生の弟の間に現在進行中のめごととして書いてある。そしてその記述が更に十年あまり昔のある朝の回想を呼ぶ。

あの縫いぐるみの仔犬は、女の子が今夜持って寝ることになったトラのようなものではなかった。あんなにやわらかくて小さなものではなかった。

いま父親が思い出しているのは、もう十年あまり前のある朝、まだ小さかった女の子の寝床のそばにあった縫いぐるみの仔犬である。(その日はクリスマスであった)

つまり、「絵合せ」の縫いぐるみの虎と兎の底には「静物」があり、「静物」の底には、さらに十年前の「舞踏」や「愛撫」の世界が沈んでいる。縫いぐるみのとびきり高価な仔犬を夫に相談なしに買って来た妻は、その朝起しても起きなかった。――遠い微かな不幸の匂と、再生への長い長い祈りの歌を、私はこのくたびれて横たわる縫いぐるみの動物の姿から感じる。そして久しぶりに登場した象徴的な動物たちがいよいよ「黍坂」へ行ってしまうことに、「静物」の世界がここに閉じるという極めて個人的な感慨を持つ。「静物の世界の終り」の感じは、縫いぐるみだけではない。和子の会社の事務室の天井から降りてきた蓑虫は、「静物」では臙脂色の紙きれをくっつけて勉強部屋の絵の下にぶらさがっていた。

「どういうつもりなのかな」

これは「静物」の中で「彼」が「細君」に言った言葉だ。

「ずっとここに住みつく気なんだろうか」

「そのつもりらしいわ」

――ところが「絵合せ」の蓑虫はマッチ箱につめられ、満員電車に揺られ、さいごに家の近くの公園の葉ざくらの根元に放される。

「これね、会社の部屋にいたの。ここで放して上げる」

和子がそう言うと、明夫は「わあ、ひどい」とはやす。

「その蓑虫が大きくなったら、この公園の木を全部くい荒してしまうよ」

そんなことないと和子がいっても、

「破滅だ、滅亡だ、この世の終りだ」

と、出まかせを叫びながら、明夫はいきなり道を駈けだすのだ。

こうしてみると「絵合せ」は庄野さんの仕事の中で、「静物」と合せ鏡のように置かれた作品だという気がしてくる。意図してそうしたのではなく、結果としてそういうめぐりあわせになった。「絵合せ」の中に「静物」が映っているだけではなく、「静物」の中にも未来の「絵合せ」がうつっている。釣堀で釣ってきた金魚や、お話をねだる男の子の声や、誰かの見えない手に守られて怖ろしい場面を見ないでやり過ごすことのできた女の子のエピソードの中に既に気配として「絵合せ」の祝福された数箇月の微かな輝きがうつっている。

まだ他に「鳥」に出てきたセキセイインコがいる。この鳥は危く死なないで済んだ。そこから先へ入ったら、もう戻って来られない世界の境目のところまで来て、身をひるがえすという感じで、こちら側へ戻った。

それから「桃李」だ。東京へ引越した夜、カエヨーと泣き出した弟を毅然として慰めたのは、六つになる姉だった。今その弟がこの家の中で逆の役割を果たしている。

——庄野さんのお宅に飼われていた年とったセキセイインコは、お嬢さんの結婚後一度立ち直って、一年のちに死んだ。鳥が死んだ時に、(結婚式の時はそれほども感じなかったが)

「生田での一つの時代がこれで終り、また新しい一段階が始まった」

と思ったそうだ。

第二十一章　明夫と良二

「明夫と良二」（昭和四十七年四月、岩波書店刊）は「絵合せ」と同じ根から出来た小説である。企画が中学生向きである点で、庄野さんの作品の中では「ザボンの花」が書かれた事情と少し似ている所がある。「ザボンの花」の場合は、一応児童文学という枠を外してから書いたのだが、こちらは「岩波少年少女の本」というシリーズの一冊として出版された。

書きだすに際し、庄野さんは読者の年齢による制約ということについて次のように考えた。年齢的に読者に近い者を主要人物（主人公とはいえないにしても）として、その立居振舞、生活に重点を置くようにすれば、書き方さえ平明であれば少年の読者も読んでくれるのではなかろうか。そのため特に判り易く書いたりはせず、書かないでも判ることは遠慮なしに省略し、少年少女といえども最良の読者を想定して書き進めよう。

また、一家の生活を大人と子供に分けることが出来ない以上は、大人の心情についても、ある程度は読んで理解して貰わないといけない、と。――

これなら普通の小説を書く場合と態度方法において変るところが無い。「絵合せ」の項で書いたように、庄野さんはこの仕事を、一年間子供たちの生活を綿密にノートすることから始めた。そこで結果的には、「明夫と良二」に入ってくるもののある圧縮した部分が「絵合せ」になったわけだ。

「明夫」「良二」という名前が庄野さんの書く一家の二人の男の子に使われたはじまりは「鳥」あたりではなかろうか。だが、「鳥」の明夫と良二はまだ小学校の五年生と一年生だ。「舎前集合、五分後」という父親の声で起され、集合が終って父親のうしろに従って「マムシの道」へ駆けて行く時、先頭の指揮官がふり返ると、この兄と弟は夢でも見ているような顔で、並んで熊笹の茂みに小便を飛ばしていた。

「夕べの雲」では名前が一たん安雄（中学一年）と正次郎（小学三年）になる。明夫と良二が、まさに「明夫」と「良二」らしくなるのは、昭和四十二年の短篇「卵」あたりからであろう。（「明夫と良二」の中にも、卵にまつわる兄弟のからみ合いが描かれている）ここでは二人は中学三年と小学五年生に成長しており、明夫が弟にいろいろ乱暴なふるまいを仕掛ける。そこで良二の寝ごとは何時でも、

「明ちゃん、やめて」

なのである。

これ以後の短篇で屢々私たちは明夫と良二に出逢うことができる。どこでも明夫は積極的に動きまわって、弟にかまう。怖がらせる。閉め出す。とりあげる。「でこぴん」を食わす。いかに名作と評される美しい短篇の中でも、弟を手頃な力の捌《は》け場にしている点では変りがない。そしていざという時、なかなか頼もしく優しい兄貴になる。一方良二の心は動物や植物にいつも注がれている。時たま何だかはかない声で歌をうたい、日頃もまれているので、大ていのことには腹を立てない修養ができている。

しかし、いかに好もしい兄弟とはいえ、作中の二人は家族の一員という位置をほどよく占めてそれ以上に出ることはない。彼らの動きは主宰者である父親の歯車から連動し、調和のとれたリズムを刻んできた。

坪田譲治氏の初期の短篇童話や、そのあとの長篇小説には、善太と三平という好もしい兄弟が出てくる。この二人はわれわれの明夫と良二よりなお幼く、作品の中でも当然両親の庇護のもとに在るわけだが、私などは（世間でもそうだと思うが）元の作品から抜き出して、ある時代の少年の典型として「善太・三平」というイメージを勝手に作っている。

明夫と良二が、同じように彼らの属する家庭と、作品とから抜け出して、独立したイメージとして存在するようになるかどうか、これは予断を許さぬところである。（どっちの場合がいいかと論議しているわけではない）

「絵合せ」について聞いた時、庄野さんは、

「この小説（「絵合せ」）は『明夫』の手柄に尽きる」

と、私に語った。

「入学試験に何度も落ちると誰だってがっかりするが、兄弟の一人はこれから結婚するというのに、些か面目ない。――その明夫が子供部屋に置いてあった『おまけ』の絵合せを発見して皆でやろうと言いだすのは、姉が家から出て行くことに対する一つの表現なのだ」

肩身がせまいのに「絵合せ」をやろうと言い、すっとんきょうな行動で家の中に明るさや朗らかさや笑いをもたらそうと努める。そしてある日、一度失くしたと思った絵札が見つかった時に、

「よかった」

と、隣の部屋でひとりしみじみとした声を出した。

――これらはつまり、明夫が「明夫」でなくなって行く最初の徴候ではないだろうか。その「絵合せ」と同じ根から「明夫と良二」という題名の小説が生まれたのは、ただの偶然だろうか。

しかし、庄野さんはこの「明夫」と「良二」を、小説の主人公とは呼ばず、注意深く「主要人物」と言い分けている。あとがきにも、

これは、どこの港からも船に乗らず、従って海のまっただ中で怖ろしいあらしに出会うこともなく、無人島に流されもしない、自分の家でふだんの通りに暮らしている五人の家族の物語であります。

と書いて、「二人の兄弟の物語」とは書いていない。

今年（昭和四十八年）の六月に庄野さんのお宅を訪ねた夜、私は何人かの相客と一緒に「庄野体育館」の圧巻を見ることができた。二人の息子さんが「とび上る二人」や「おなか叩き」をやって見せてくれたのである。小説の中では、結婚を目前に控えた和子が大阪の墓参りに行って一人足りなかった晩に、明夫と良二が示し合わせて、夕食後、「ちょっと机、引かせて下さい」

と、食卓を片付けて部屋の真中を広くあけると、先ず「まわし蹴り」をやり、次に二人でとび上って上体を反らせ胸をぶっつけ合うのをやって見せる。

アフリカの草原、それとも太平洋のどこかの無人島で、もしかすると、二羽の鳥がこんなふうに向い合っては、とび上って、胸と胸とをぶつける動作をしているかも知れない。

どういうつもりなのか、われわれにはちっとも分らない。だが、その鳥はいつまでもそうやってとび上っている。……

恐らく、明夫と良二には、淋し気に見える両親をなぐさめる「つもり」があったのだろう。「絵合せ」にも、和子が明夫と相談してイタリア映画で見たかわいそうな「ジェルソミーナ」とその夫の力持ちの「ザンパノ」の真似をしてみせる情景がある。

私たちが二人の逞しい若者の肉のぶつかる音を聞いた夜、さいごに庄野さんが立上って、下の息子さんに、

「おい、足相撲しようか」

と、声をかけた。

「いいえ、ごかんべん」

と、高校のサッカー部にいる和也君が逃げだすふりをした。

結局は勝負をすることになったが、紺がすりの着物姿の庄野さんが二対〇で和也君を畳の上に転がした。

しかしその庄野さんも大学生の龍也君とは、だいぶ前から勝負をしていないそうである。宙に浮いた「良二」の身体を「明夫」が低く構えて抱きとめたような息づまる瞬間も、いつまでも見られるとは限らない。

庄野さんの手で書きとめられた、幾つもの息づまる美しい瞬間の中には、たとえば夜のお茶の時間の前に、英語の分詞構文などについてしつこく訊ねる弟と、いささか閉口している兄とのやりとりがある。その「英語の質問」という短い章のどこかを私はここに書き写したい気持に駆られるが、いや、読者自身に実物を読んで頂くに如くはないと思い直してひかえることにした。

第二十二章　野鴨

「野鴨」は昭和四十七年一月より十月まで「群像」に連載され、四十八年一月、講談社より刊行された。

この作品で庄野さんは主人公の定位置を机の前に定めた。もともと作家の仕事場は机の前と決っているから、同様の例は古今東西の文学作品に珍しくないが、「野鴨」の場合は少し様子が違う。ここでは作者は一見素朴に机辺の描写をしているようでいて、実は時間という電車の運転席に意識的に主人公の目を固定し、ガラス窓の前の自然（その変化）に直面させている。

席が固定していると視点も限られる。壁と戸袋と庇の内側で切り取られた空間の中へ、うぐいすやひよどりが飛びこんで来ても、またすぐ視野から去って行く。高い所に咲いてしまった紫色の花は、白い裏側しか見えない。

「机に向って仕事場で目に入る角度の中のものに限定することによって、どこまで微細に丁度いい間《ま》（英語でいう timing）をとらえられるか、――雫の音がなくなった時に沈丁花の匂いがしてくるような――間というものをとらえることを小説の主軸にした」

と庄野さんは言う。

「イシャウッドのカメラみたいなあけっぱなしじゃなくて、じっとみつめていて、何が動くか何が光るかをみている。そういうものをその章のテーマの如くにして、目をしぼってしぼってみる」

するとどうなるか。ガラス窓の向うの、見つめられた自然は、やがて、時間というものが齣落しで進むさまをわれわれの眼に露わし始める。ノッチを入れた運転手の眼に、そしてわれわれ乗客の眼にもあとへあとへと飛んで行く時間が見えてくる。

水盤の近くのクロッカスのかたまりから、ひとつだけ頭を出した蕾に日が当った。

何しろまわりに大きな木がいくつかあって、地面に落す影も重なり合っている。椎の木もあるし、山もみじもある。脂身入りの植木鉢の載っている「山の木」もある。どれがどの木の影なのか、見分けがつき難い。

その網目の中から日差しを受けとめるには、おとなしく機会を待つよりほかに仕様がない。

順番がまわって来た。それもさっきのように、花のところだけが浮び上って、すぐにまた影に沈んだのと違って、今度は日向の輪がもっとひろがっている。これなら、「喜んだのも束の間」というふうにはならないだろう。

暫くこのままで続いてくれるだろう。

同じことは、「長い時間」に関してもあてはまる。たとえば前の年に鉢植えで買って来て大急ぎで庭へ下ろしたテッセンは、定位置のガラス窓の向うで、山もみじの枝に結びつけてやった小包の紐を伝って「ジャックと豆の木」みたいに蔓《つる》をのばし、二度目の花をつけ、やがて「ハムレットの亡霊」のようにすがれ茶色に枯れて地に這いつくばい、そのまま枯れ死んだかと思うとある日末枯の蔓からかすかな青い小さな芽をみせ、再び蔓をのばし始める。固定された井村の眼を通して、窓の外の植物の姿が、まるで超微速度撮影の映画のように動きだす。

では、ガラス窓のこちら側はどうだろう。

窓のこちらには机があり、机の右手に小型のカレンダーがあり、用件のある日だけ数字にペンで囲いをつけてある。ここに腰かけて井村は書き物をするが、冬は格子縞の膝かけをかけ、座布団でくるむようにした湯たんぽの上に、スリッパを穿いたままで足を入れる。その湯たんぽは床に敷いた羊の毛皮の上に載せてある。——とり立てていうこともない普通の書斎だが、井村の目がとまり、心が触れた箇所から（魔法の杖みたいに）どこからでも時間が流れだす。

たとえば、カレンダーの十月十七日のところは「民子結婚式」と書きこんである。そこから、大阪にいる姪やその家族のこと、その近くに住んでいる一族の様子、更に井村の一家がかつてその町にいた頃の出来事へと思いが進んで行く。

また、たとえば、——本を取りに行くのに立ち上ることから、絨毯が小さくて部屋の隅まで届かない場合の対策についての考察が始まる。

（話は外れるが、こんな工合に「何でもないことを鹿爪らしくああかこうかと言ってるうちに何かが出来て終るのは、大阪外語時代に読んだイギリスのエッセイから来ていると思う」と庄野さんは私に語った）

こうして窓の内側に「エッセイ風」に流れる時間と、窓の外側の日本の自然に即した時間とは性質が違うけれども、それがこの小説で微妙に関わりあって流れている。そこが眼目である。

樋からこぼれた雪解けの雫が水溜りに落ちる。それを見ているうちに、波の輪から連想して、井村は「名言集」に載っていた難破船の船長の名せりふを思い出す。更に「あふれる溝」という二月を意味する言葉を調べるために、湯たんぽをくるんだ座布団から足を引き抜いて、英語の歳時記を取りに行く。読みながらふと、スキーの好きな燃料屋の四人兄弟のことを考える。前日灯油を配達に来た末の弟が虫の食ったスキー帽をかぶって、「今年はスキーに行けなかった」と妻に話していた。あれは、この辺に都市ガスが入ったせいだろうか。――不意に雫の音がやみ、静かになる。かすかな花の匂い。沈丁花が咲いた。

……

またある章は、庭の光と影に心を捉えられるところから始まる。

強い日ざしで、庭が光と影に分れる。地面に撒《ま》いたパン屑のうち三つだけが光って、そこに目が吸い寄せられる。見ているうちに井村は、パンをちぎっては地面にまいたヘンゼルとグレーテルの物語を思い出す。よく覚えていない箇所を確かめるために、暫く机の前を離れて子供の部屋へグリム童話集を見に行く。(今は膝かけも、机の下の湯たんぽも片付けてある) こんど机の前に戻ると、雀が二羽来てパン屑を食べている。「こんな調子だから、ヘンゼルの撒いたパン屑も、たちまち無くなる理屈だ」と思う。だがヘンゼルたちよりもっと不幸なイギリスの「森の子供」の話があった。その子は森へ捨てられた上に殺されてしまい、ひとり赤い胸の駒鳥がとむらいに骸に枯葉をかけたという。いが栗頭の学生時代に井村はこの話を何かの本で読んだ。しかしいまの彼は孫をつかまえて「乳歯一本くれ」といったりしている。——庭の日蔭ではまだ雀がパン屑を食べている。あのいちばんよく光るパン屑も、もうすぐ無くなるだろう。……

椎の木のむこうの動かない雨雲を見ていて、死んだ長兄の夢を見たことを思い出す章もある。

ガラス窓の外の気配に感応して、主人公は過去に戻り、遠くへ思いを馳せ、本を取りに立ち上り、家族の話を聞く。——そのように時間・空間に翼をひろげながら、「今」の切点がガラス窓の内と外の間を進んで行く。そのさまざまな「今」が書き重ねられているから、「野鴨」を通読すると、私たちにとっての過去がどういう工合に出来て行くかが判る気がする。

だからといって、自然の赴くままに書き進められているわけではない。むしろ逆だ。

ここに描かれているのは、離れて暮している身内、結婚式、クロッカスの花、雪解の賑やかな雫、雉鳩、うぐいす、赤ん坊の歯、かまきりと「アマリリス」、パン屑、イギリスの児童劇映画、燃料屋の兄弟、粉になった銀杏の葉、兄の夢、たて笛、サッカーの脛当てとパンツのつくろい、蜥蜴、てっちりの思い出、皆既月蝕、法事、一個しかない洋菓子、学生服のカラー、四十雀、空の雨雲、鶏を追いかける犬、煙突掃除人の呼び声、机の下の湯たんぽ、茹で卵……などから成る世界である。はかなく、取りとめないが、もしもこのうちのひとつでも欠けたら、私はきっと味気なく思ったに違いない。（単行本の「あとがき」より）

こうしてひとつひとつの名を挙げて書きならべられた要素が小説の中から一つでも欠くわけにいかない理由は、恐らく、本ノートで先ほど幾つかの章を要約しようとしてけっきょく断片を書き連ねるほかなかったという事情によく似ている。原因は細部の成り立ちにあるらしい。

「野鴨」を初めて読んだ時、私はある箇所で「紺野機業場」のあるじの紺野友次氏の脱線また脱線の語り口を思い出させられた。自分や一族の現在や過去を語りだすと脱線また脱線、最後には元の場所に帰りつくものの、中身はもつれたままで連想・飛躍・反覆が綯いまざって——あの小説では紺野氏のこうした表現の形式が実はそのまま認識のくせや好みであり、つまり話の構造が紺野氏の持っている世界、紺野氏の在り方とひとしいわけだった。

庄野さんは「野鴨」の中に、その「紺野式」を持ちこんだのではないか。そして庄野さんの物の見方、くせ、好み、つまり庄野さんの存在に似せて大過去・中過去・小過去・現在完了・現在を組み合わせ、それはすなわち連想・推察・飛躍・反覆を綯いまぜることでもあるのだが、こうして自然と日常生活の断片だけで出来ているにもかかわらず、（あるいはそれゆえに）きわめて人工的な小説が生まれた。

「野鴨」がいわゆる心境小説、私小説、もしくはいわゆる随筆と異なる所以は、庄野さんが「たまたま他人の家へ来合せた誰かのように」新鮮な興味を持って自分の生活を見つめていることであり、その日常生活と自然を以て自分の存在を造型していることであろう。

ここに見える自然はもうすでに「自然」ではなく、（といって「花鳥風月」式の装飾的なものでもなく）いわば感受性を備えた自然という気がする。ガラス窓の中にいる作者を感じながら、草や木たちは作者と時間を共有している。

私は「野鴨」を読みながら、そこに出てくる植物の半ば以上は、それがどんなものか知らないでいた。単行本が出た翌月（昭和四十八年二月）に庄野さんのお宅を訪ねて、夕方書斎で話していた時、窓ガラスの向うの地べたに、茶色いひものようなものが三本這っているのが見えた。小包の紐を山もみじの木に結んで蔓をはわせたという文章からの連想で、あてずっぽうに、

「あれがテッセンですか」

と訊ねてみた。

「そうです」

改めて見直してみて、私は驚くより、少し狼狽した。小説を読んで心に描いていたテッセンより、本物はずっと小さいのだ。

庄野さんの文中に出てくるテッセンが、それなら実物より誇大に書いてあるのかというと、どうもそうも思えない。しかしその記述は「観察というのとも違っているようである」――一度ひいた吉田健一氏の言葉をここでもう一度引用してみよう。

短篇「尺取虫」について、吉田氏は次のように書いた。

「いわゆる、随筆では、それを書いている人間の観察力がいかに鋭くても、その結果として我々に伝えられるのは、その結果である事実であって、事実というのは大概は何か物質についての、どうでもいい一つの命題に過ぎない」それゆえに観察力で事実を集めても作品の体をなさないのであって、この短篇がいわゆる「随筆」ではなく「小説」として成立するのは、一輪ざしに挿した草花の一部になり切っていた尺取虫に対する驚きが、小説のその一部分に限られるのではなくて小説ぜんたいに対する読者の目を開かせる点にあるのである、と。(読売新聞文芸時評、昭和四十二年十二月二十六日)

同じように、大きく感じさせられたテッセンが、光ったパン屑が、かすかに動いているらしいうすい濃淡のある雨雲が、(それらは一つでも欠けてはいけない)驚きの目を通して「野鴨」を成立させている。

第二十三章　随筆集

庄野さんは短い文章を読むのが好きだという。短ければ短いほど気に入る性質があるという。「それで、この本にも出来るだけ枚数の短いものを拾い上げるようにした」と、随筆集『自分の羽根』のあとがきに記している。

庄野さんの三冊の随筆集『自分の羽根』(昭和四十三年二月、講談社刊)、『クロッカスの花』(昭和四十五年六月、冬樹社刊)、『庭の山の木』(昭和四十八年五月、冬樹社刊)を並べてみると、構成に一つの原則が貫かれていることが判る。

どの場合も先ず大きく全体を三分する。(第一の群が俳句でいう「属目」、第二が文学的エッセイ、第三は作家の印象・回想である)つぎに、それぞれの群の中で順番を決めて並べて行く。その際、原稿用紙を横長に数枚貼り合わせて、そこへ鉛筆で目次を書きならべ、消しゴムで消しては置き換え、棄て、拾い上げる。『自分の羽根』の時に時間をかけてやってみて面白かったので、あとの二冊もその方式にならったと庄野さんはいう。

この前もこんなふうにして切抜を揃えてみたのだが、さまざまな材料を前にして、それがひとつの本の中にうまく融け込んでくれるようにと工夫するのは、張合いがある。田舎風のばらずしをこしらえるのに、椹《さわら》のすし桶の中で高野豆腐、椎茸、人参、干瓢、きぬさや、ちりめんじゃこ、油揚、煎り胡麻といった具を、団扇であおいで御飯をさましながら、大きなしゃもじで混ぜ合せるのと、ちょっと似ている。(『庭の山の木』あとがき)

これは今まで読んで来た庄野さんのある種の小説の作り方を連想させる。作者の好み、というよりは、文学の個人的様式と言うべきだろう。(「静物」の時も、そのように入れかえさしかえたあげくに、一つの瞬間にすべてが静止する美しい均衡が作り出された)「愛撫」「静物」の項で述べたように、短篇集の編み方もまた例外ではない。随筆集の場合はもっと大らかな「まぜずし」で、従ってもっと思いがけない世界がひらけたりするたのしみもあるが、いずれにしても、一つの随筆集ぜんたいが精緻に作られた一つの文学的表現であって、構成という点から見るだけでも、そのために棄てられたものの大きさを考えても、これが小説家の余技のようなものではないことが判るだろう。

では、一つ一つの内容はどうだろう。

そこにあるのは、ただのガラスのコップであり、ナイフであり、書物であり、ランプであり、どれひとつとして、目立つやうな、アレ！　と思はせるやうなものがあるわけぢやない。それでゐて、この作者がそのコップを、そのナイフを書くと、今さらのやうにその存在に気づいて、そいつがかくし持つてゐる底光りまで感じられてきて、アレ！とびつくりしたり、オヤオヤと思ひ返したりせずにはゐられない。（青柳瑞穂『自分の羽根』書評、昭和四十三年「群像」五月号）

これは、随筆集についての評言だけれども、同時に庄野さんの文学そのものの性質を語っている。その秘密の種明かしの一つが、第一随筆集の中心に置かれた「自分の羽根」（昭和三十四年一月十三日、産経新聞）というエッセイだ。

ある年の正月に、庄野さんは当時小学校五年生の長女に誘われて、部屋の中で羽根つきをした。打った羽根は、最初は木の部分から先に上って、一番高いところに達するまでに羽根が上、木が下になり、そのまま弧をえがいて落ちる。その動きの美しさに導かれて、庄野さんは何を、如何に書くべきかという骨法を、羽根とそれを打ち返す瞬時の動作の関連から見出すことができた。——第一に、ものを書く場合の対象を自分の経験——読んだこと聞いたことを含めて、自分の生活感情に強くふれ、自分にとって痛切に感じられる事柄だけに徹底的に限る。これが「自分の羽根」なのであって、世間でどんなに重要視されることであろうと、自分の羽根でないものは打たない。

第二に、しかし自分の前に飛んで来た羽根だけはよくよく最後まで見定めて、何とかして羽子板の真中で正確に打ち返したい。そのためには「お前そんなことを書いているが、本気でそう思っているのか?」と自問してみて、内心あやふやなら、その行は全部消してしまい、どうしても消すわけにゆかない部分だけを残す。

ものを見る、感じる、書くを一点に結ぶきびしい、しかし精緻な決意だが、以下、この文学的決意が形作られた道筋を、記録や記憶をたよりにさかのぼってみよう。二年前の昭和三十二年二月の朝日新聞(大阪版)に庄野さんはテニスの練習にことよせて次のような談話をのせている。

寒い風に吹かれながら、十七面もある広いコートでただ一人、ボード(練習板)で練習しているときでした。僕が会得したこと、それは球を最後までよく見つめるということなのです。これまではよく見ているつもりでも、手前まで来たときには無意識に目を離していた。それを最後までつきとめると球はラケットの真中にあたる。そして快音を発してショットが出るということを発見したのです。

それを友人の安岡章太郎君に話すと、文学もそうだ、物を最後までよく見ることが根本だ。よく見ているつもりでも目をはなしていることが多いものだ……といいました。これは文学のみならず、人生にも通じる根本的な真理だと僕は思うのです。

ここでは羽根の「選び方」よりは「打ち返し方」の方に重点が置かれているが、更にさかのぼって、昭和二十年代の後半大阪の放送会社で一緒に働いていた頃の庄野さんが、しばしば「実感」とか「感じがある」という言葉を口にしていたのを私は思い出す。それは庄野さんだけの特殊な語法で、——よい例が浮かばないので、この随筆集の中の場景を藉りるならば、たとえば「憂しと見し世ぞ」に、通勤の途上、彫刻家が自宅の縁側の椅子にもたれてゆっくり朝のミルクを飲みほしているのを見かけるという記述がある。そういう光景は、当時の庄野さんの口を藉《か》りれば多分「実感」があったのである。あるいは夏の夜の通りすがりの漁師町で、あけはなした電燈のついた部屋で男たちがみんな立て膝をして御飯を食べているのを見る（「あわれときびしさ」）。こういう時にも、昔の庄野さんなら「感じがあった」と言ったと思う。

ここまで書いてきて思い出した。あの頃庄野さんが私たちに話して聞かせてくれた小説の一つに、ガーネットの「狐になった奥様」があった。（細かな点では私の記憶違いがあるかも知れないが）ある日お邸の若奥様が突然狐になってしまう。主人は悲しんで、邸宅の居間に自由に狐が入れるようにしてやって、時々さしむかいで長い間話をした。まだ人の性が残っているらしく、狐はおとなしく前足を揃えて主人の話に聞き入り、時々は悲しげな表情をみせる。ところがふと主人が気がつくと、話を聞いていた筈の狐が、横目で籠の中の小鳥を狙っていた。（庄野さんはここで自分も両手を揃えて横目をつかって斜め上を見上げた）——その目は、庄野さんを囲んで話を聞いている私たちにとって、まさに「感じがある」と言うほかなかった。庄野さんは、この一点にこそ小説の面白さが集約されていると感じたのではないか。そしてその「実感」を伝えたく思う余り、つい逞しい庄野さんが狐の奥様を演じてしまったのではなかろうか。

そのうち私たち歳下の同僚は、好んでこの口癖を真似しだして、

「このおでんの、蛸の頭には感じがある」

「あそこのおかみの金歯は、実感があった」

という風に濫用するようになった。だが、われわれ模倣者のそれはただの観照的な評語に過ぎないのに較べて、庄野さんの「感じ」や「実感」には、発言者自身の人生への率直な投影があった。

またその数年まえ、二十七歳の庄野さんは、「ザ・ヒューマン・コメディ」という原名の映画を何気なく見に入って、「最初の場面を見ただけで、アッと声を立てるほど驚いた」体験を勤務先の高校の学校新聞に記している。『クロッカスの花』に収録された「サ

ローヤンの本」にもそのことが触れてあるが、映画が始まるといきなり鳥瞰のカメラがユリシスという五歳の少年が庭先にかがみこんでもぐらを見ている姿をとらえる。少年はそれから踏切までかけ出して行って汽車に手を振る。乗客は誰も知らん顔をして行ってしまったが、たった一人後尾の貨車の上に腰かけていた黒人が手を振りかえしてくれる。——

どうしてこの場面に驚いたのか、僕にはどうにもうまく言えない。ただ、アッと思って、そして画面に展開されるものは真直に僕の胸の中へ飛びこんで来たのである。それは僕と云う人間のいのちにぶつかって、透明なひびきを発した感じだった。

人生には、時たまこう云うことが起る。その時、(ああおれは生きているんだな!)と思うのだ。(「ユリシス」昭和二十三年十月五日「南風」)

この文章の続きに、「僕たちの毎日の生活を振り返って見よう。誰がユリシスのようにみずみずしい生き方をしているだろう」と説明が加えられているが、本当はアッと思った時にもう情景がレンズの所有者のいのちにぶつかって音を発している。理由や情況の理解よりも先に、それは「飛びこんで来る」のだ。同じ頃に書かれた映画についての短い感想文を、もう一つ引いておこう。

若しかりにストーリイも平凡だし、作品の構成にも新しさが見られないという映画に出会しても、十何巻かの映画の中で、ただの一箇所でもいいから、僕に驚きを与え、僕を酔わせてくれる、そういう場面があったなら、それで僕は満足するのだ。（「映画雑記」昭和二十二年十月二十日「今中新聞」）

これらはそのまま庄野さんが人生を見る態度であったと言ってもよいのではないか。平凡な日常の生活から自分にとって痛切な画面を選び取る、あるいはアッという間に選び取られる、庄野さん自身に固有のこういう感受の仕方が、生活と作品に同時に相互に影響を与えながら、文学上のスタイルとして時間をかけて五年、十年とだんだん煮つまって来ていたのだろう。それがたまたま正月の羽根つきの羽根のたおやかな動きを触媒に、とつぜん一つの美しい譬喩《ひゆ》となって詩的に結晶した。

文学的宣言が、それ自身人を打つ詩でもあるということが、何よりも庄野さんらしい。『自分の羽根』という題名の随筆を書いた時は、文学上も経済上も苦しかった」と、庄野さんが私に語った。

「むきになって書いていると誰かに書評でも言われたが、昭和三十四年は推理小説がはやり出した頃で、アガサ・クリスティなどを読んでいない者は文士にあらざるような勢だった。ところがぼくが読んでるのは『地下鉄サム』だ。つい世間でどんなにはやされても自分に要らないものは要らないという強い語気が出た。いま読み返すと大人気なかったとも思うが、しかし自分がそれで通してきた根本理念だったと考えている。いわゆる題材主義――その時代の読者の心にうまくはまるもので書くと、ラケットの真中に当らない。余計なことばかり言って、ムードで読者をごまかす前に自分をごまかすことになる」

自分の仕事については、時々、

「はかないことを書き綴っている」

と思うことがあります。自嘲ではなくて、大体そんなところであろうと思っています。そんな次第ですから、哲学の領域であろうと何であろうと、現実改革（この言葉はよく分りません）というようなことには、全く無力であろうと考えます。また、何ごとも改革したいと望んでは居りません。（「明るく、さびしい」）

これは「週刊読書人」（昭和四十三年九月九日）に載った、読者との公開往復書簡の一部である。

庄野さんの作品の中には、いわゆる「観念」や「社会」が出てこないと言われている。「喪服」（昭和二十八年）の中に朝鮮事変の概況が出てくるのは珍しい例で、そのことを私がただした時、

「あの頃は今みたいに排除していないが、少し（戦況を）詳しく書き過ぎていると思う」と庄野さんは答えた。しかし、「排除」ばかりしていたわけではなく、たとえば自分が参加した戦争については、庄野さんも内側から見えた部分だけを誠実に書きとめている。「前途」に見た通り、達観するのではなくて自分が立っている足もと、さえぎっている目の前の壁だけを一所けんめい見つめて書いている。結果としては、それが却って隠された全体像を確実に伝えることになるのである。「十月の葉」（昭和二十四年）も「団欒」（昭和二十九年）も「石垣いちご」（昭和三十八年）も、限られた時間の中での友人や家族とのあわただしい出逢いの哀歓だけを描きながら、私たちがその中に投げこまれたあの大きな戦争の影を背後に深く感じさせる。

戦争というのはひと口に悲惨といってしまうのでは足りなくて、平和な時にはちょっと考えられない、いろんなおかしみや哀感のあることを生み出すのに都合のいい状況をつくる。真剣だから、そうなる。（「私の戦争文学」）

それは戦争が偉いのではなく、異常な時にも渦中にありながらそのように感受できる（そして書きとめる）庄野さんがえらいのである。

この作家の中で戦争と同じような対応が、「自分の羽根」と社会、「自分の羽根」と観念の間にあると考えられていいのではないか。なまの観念や流行の通念を排除して小さく小さく切り取りながら、視野に入るものだけをしっかり見ることで、自分もそこに含まれる大きな世界、大きな歴史の流れの中に、「取るに足りない自分を生かす手だてを見出そう」（座談会「私小説は滅びるか」昭和三十六年「群像」三月号）という一つの立場が貫かれているわけである。

それにしても、自分の羽根だけしか選ばない決意をした人にとって、排除し、断ち切らなければならないものが、身の廻りにどんなに多いことだろう。

「文学者は、文学のために生活すればいい筈だのに文学以外のことに時間を費している。何故、ひたすら文学のためにのみ生活のすべてを費さないのだろう」（『反響』のころ」昭和二十八年七月「祖国」伊東静雄追悼号）

昭和二十一年の夏、リルケの言葉を引いて伊東静雄がそう語ったのを、同じ年結婚したばかりの庄野さんが日記に書きとめている。若い時から、庄野さんは何を棄てるかということを専門に考え、おこなって来た人のように思われる。

そして、能く「棄てる」ことは、よく「選びとる」ことである。

私はおかしみのあるものが好きで、いつもそういうものに出会わないだろうかと待ち受けている。

道を歩いている時でも、電車に乗っている時でも、そんな気持でいる。それで、何かあると、満足する。それは、どういう風におかしいのか、いってみろといわれると、おそらくひとことも返事が出来ないような性質のものである。

「喜劇の作家」（昭和四十三年五月）というこのエッセイは、チェーホフを念頭に置いて書かれたものだが、同じ文章の次の箇所には、作家らしい意識がもっとはっきり見える。

私がここでおかしみのあるものというのは、ひょっとすると、生そのものであるかも知れない。（略）私はそういうものに出会うことを待ち受けながら、道を歩いているので、何でもない生活の一つの場景が、私の足をとめるのかも知れない。

喜劇の作者というのは、ここから出発するのだろうか。断片をどういう風にして、主題にまで高めてゆくのか。

ここに言う「断片」が、庄野さんの「自分の羽根」だろう。それをいかにして主題にまで高めるかという困難な課題と庄野さんがどう取り組み、そのたびごとにどんな新しい道をみつけたかは、幾つかの作品に即してみてきたところである。

（庄野さんはそれでも「チェーホフがいったいどういう風にして『桜の園』を書くことが

出来たのか、聞いてみたい気がする」と書いている。——チェーホフは小さなもので意味のあるものを見逃さない眼を持ち、彼の手帳にはそれらの断片が書きとめられていた。——またある時庄野さんはチャップリンよりキートンの映画が好きだと私に語った。言われて考えると、キートンの映画も瞬間瞬間のおかしさ、もしくはかなしさの集合体である。庄野さんの目には、キートンもまた「断片を主題にまで高める」困難な戦いに挑んだ同志の一人に見えているようだ）

さて、庄野さんの随筆集が好きで「ときたま書棚から取り出して読む」林富士馬氏は、ここには「言わば庄野文学のエッセンス」があり、「大人が読んでも子供が読んでも、それぞれに味うことが出来るような気品が、殊に好きである」という。（「文芸時評」昭和四十八年「浪曼」八月号）私もまた、「こんな大切なことを人に知らせてしまってもいいのだろうか？」と思うことがよくある。もし、庄野さんの人と文学を知りたければ、これらの随筆集こそ鍵のいっぱい埋まった宝さがしの山のようなものだ。庄野さんの「構成」にはさからって測量旗を立てて山野を縦横に跋渉し、かくされた地層や地下水脈を掘りあてるたのしみもある。掘りあてた鍵と鍵を結べば、幾通りものストーリイがたちまち出来るだろう。

「自由自在な人」というページをひらいてみる。伊東静雄をはじめて訪ねた日に、鷗外の「うた日記」の詩の中から「扣鈕《ぼたん》」「我馬痛《や》めり」などを朗読して聞かせてもらっていっぺんに好きになる話が書いてある。

では、なぜ伊東静雄を訪ねたか。——中学時代のコジキというあだなの、授業のきびしい先生の家を、卒業してから突然訪ねることになるまでの不思議な縁のはじまりを書いた随筆がある。(「伊東静雄の手紙」)

その初めて訪ねた日に伊東静雄は、一冊の本を探しだして、

「これは『うた日記』の鑑賞のために書かれたもので、非常にいい本です。僕はもう一冊持っているから、あなたに上げます」

と言う。その本は佐藤春夫著「陣中の竪琴」であった。(「自由自在な人」)

また読み進むうちに、こんどは「陣中の竪琴」のことが詳しく出ている随筆に出くわす。庄野さんにとって佐藤春夫という作家の文章に接するのは、それが初めてだった。(たいていの人は「田園の憂鬱」か「殉情詩集」によって佐藤春夫を知るのに)ところが、却ってそれがよかった。読んでいるうちにこちらの方も何となく、そういう気分になる。庄野さんはこの書物にみなぎっている情熱——鷗外の詩の一行一行を追って、その制作の機微を明らかにしようという心に打たれた。

「このようにして私は、佐藤春夫その人の詩を読むより先に、鷗外の詩業を佐藤春夫がどのように敬愛し、どのように学ぼうとするかということをこの本で読んだ。それは佐藤春夫についてよくいわれるように、倦怠と憂愁をうたった詩人、ではなかった。日本語で書

かれる日本の詩の将来について責任と自覚を持った詩人である」(「日本語の上手な詩人」)

こうして庄野さんが鷗外・春夫・静雄という、三人の日本語の自在な伝統的な詩人に一度に出逢ったこと、その詩の流れが庄野さんの気質に徐々に、そして深く長くつながって行く有様が、まさにその流れにペンを浸して記されている。

年譜を見ると、昭和十六年三月、二十歳で伊東静雄に出逢うまでに、庄野さんは先ずラムに、次に内田百閒、井伏鱒二の作品に親しんでいる。

文学書を読み始めたころの私が自分の性に合っていると思ったのは、井伏鱒二と初期の内田百閒の作品であった。それから外国では、イギリスのチャールズ・ラムの「エリア随筆」がそうであった。

私はおかしみの要素のあるものでないと読みたい気持が起らなかった。(「ゴーゴリ」)

これによれば、庄野さんの文章の中には、英文脈系と和文脈系の源流があるような気がする。これを「『エッセイ』と『詩』」もしくは「『ユーモア』と『日本語』」と言いかえるのはどうだろうか。

これらの作家は、のちに好きになったシェイクスピア、チェーホフ(ならびにその訳者中村白葉氏)、サローヤンらと共に、随筆の思わぬところに出没し、しかも一寸顔を出すだけで、庄野さんがその作家の作物が好きで仕方がないらしいことが一度に判ってしまうように書いている。たとえばシェイクスピアでいえば、「コンバット」というアメリカ製テレビ番組から、複数の作者の中に「夏の夜の夢」びいきの人がいることを推理する随筆がある。(「シェイクスピア」)また映画のビリー・ワイルダー監督を讃える文章の中に「シエイクスピアというのも、つまりはこのワイルダー監督のような人であったのではないだろうか」と書いている。(「あなただけ今晩は」)

こうして心ゆくまで、庄野さんはエッセイストの本領を発揮している。「クロッカスの花」という随筆について、「イギリスのエッセイから学んで文学に入ったぼくが、日本の風土での人生経験を経てから書き上げた一つの答案です」

と、語っている。

布団を取りこみに庭に出て、クロッカスが花をつけていたのを思いだし洗濯干しの下をくぐって繁みの中にもぐりこむ。ノビルが生えている。元の場所へ戻る時、「私」は大あくびをしたらしい。下の空地でまり投げをしていた男の子が「こんにちは」と言った。もうひとり小さい子が、びっくりしたように突っ立っていて、「なあんだ。犬かと思ったよ」と言う。「私」はワイルドの「わがままな大男」という童話を思い出す。これから読んでみよう。——

「物干竿をくぐって、柿とライラックの間からもぐりこんで、クロッカスの花を見に行く、――ああいうことを書くのは、エッセイではよくやることで、ぼくは最初にイギリスのエッセイを読んで、そういう箇所が好きになったものだから」

「しかし、花を見るのは静だが、そこへ動がくる。一つの人生観というものが出る」

「ワイルドの大男の話が入ってくるような終り方は、わざとらしくなると駄目だが、その時一寸読みたかったので――」

「やや枚数は長いわけですけど、一つの短篇小説とは違う随筆の面白さがあるんで、こういうものを芸術的に書けないといかんというのが、ラムに学んだぼくの抱負です」

そのラムの随筆の技巧については、次のように言う。

「ラムはいつも最後にあっというように終る。幕切りに思い切りがよくて余韻がある。あでもないこうでもないと書いていて、終るところはさっと終る。学生時代に読んでいて、エッセイは最後の切り方がうまくいかんといかん――ということを考えたが、いまだに実行できないでいる」

庄野さんはこう語ったが、やはり私にはそれが同時に庄野さんの小説の特徴でもあるように思えてくる。

麦藁帽子をかぶって、男の子と二人、駅の方まで歩く。

道に死んだ雀が落ちている。

その次に蛙が腹を上向けに死んでいた。

また少し行くとカブト虫が死んでいる。

その次には小さなカナブンブン。

「だんだん小さくなるね」

「うん」

「次はアリかな」

私たちは笑った。

――「私」が外科医院から出てくると、歯医者に行った子供が向うから歩いてきた。子供は帽子を忘れている。取りに走ってくるまでに、途中に踏切があることを思う。子供が現れる。トカゲをつかまえて、片方の指を噛ませながら歩きだす。……


(「道」)


東京に新しいホテルがいくつも出来た。

その一つで会合がある。地下鉄の駅を出たところで方角がわからなくなり、新聞売りの婆さんにたずねる。「私」が、生まれてから一度も口にしたことのないホテルの名前を告げた時、ちょうど一人の客が夕刊を買った。婆さんはすぐには答えない。客が釣銭を受け

取って行ってしまうまで無言でいて、それから指を曲げて、秘密の連絡をする人のような小さな声で、
「突き当り」
といった。……

（「夕暮れ」）

「夕べの雲」や「雉子の羽」の一部分だと言われれば、そうかと思ってしまうようなこの小品を、「小説」と名付けるか「随筆」と呼ぶか。——作者の意識の中ではこれは随筆に分けられているけれども、むしろ分類できない場所にあるのが庄野さんの文学の特徴ではなかろうか。

「ラムのエッセイも、ぼくは小説を読むような気持で読んでいた。またラム自身も巧みに虚実をさまようような、そういう面白さのタイプだから。——だからそうでない随筆を読んだら本当に気の抜けたようで。内田百閒の随筆といっても、ぼくは全く小説のつもりで読んでいた」

これは、本稿第一章冒頭に引用した「青年期の初めにおいて、私は決して小説好きな人間ではなかった」という文章（「経験的リアリティ」）について、現在の庄野さんが補足した説明だが、むしろこう言い直したらどうだろう。

ラムを読み始めた二十歳前後の頃から半生をかけて、庄野さんは自分の手で、小説とい

う観念を書き改めて来たのだ、と。――

庄野さんが「改めた」ものは、小説的なものと随筆的なものの関係ということだけではない。河上徹太郎氏は「絵合せ」について言及した文章の中で、次のように述べている。「つまりこの『醇風美俗』は、昔から伝わったものでもなければ、造ったものでもなく、出来たものなのである。そしてそれがこの小説のユニークな美しさである」（朝日新聞、昭和四十七年一月六日夕刊）

そして「出来たもの」の強さは、釣針でも網でもこれをとらえるのがむずかしいという点である。

「野鴨」を初めて通して読んだ時、私はこう思った。

「庄野さんはとうとう一番厳密な場所に自分を追いこんだ。このあとは再生か死かという地点に立っている」と。

しかし、考えてみると、私は「静物」の時も同じような気分に襲われているのだった。こんども又思いすごしで、そのあと庄野さんは「鷹のあし」（昭和四十八年「群像」六月号）というような、短く太いふしぎな短篇も書き上げて、もうどこかへ向って歩み始めている。

ラムのようにうまく切れないので、庄野さんが小さい時に絵本で読んですっかり気に入ってしまったという意味不明の言葉を借りて、このノートをしめくくらせてもらう。（「好

みと運」より）

あとにのこるは、毛虫いっぴき。

一枚のレコード　庄野潤三

今年の七月に阪田寛夫からいいレコードを送ってもらった。

東京少年少女合唱隊が吹き込んだ「新しい少年少女の歌」というので、「塩、ローソク、シャボン」「野山をわたる風」「五年生」「みんなみんなワルツ」「くじらの子守歌」「わたりどり」など、全部で十四の合唱曲が収められている。曲が先に出来て、あとから詩をつけたものもあるし、作曲者と一緒に部屋にこもってどちらが先ということもなしに作り上げたものもあるというが、ピアノの伴奏、オーケストラ、編曲を含めて、参加した人の呼吸がよほどぴったりしなければ、こんなに楽しみの多いレコードは生れなかったのではないかと思われる。

阪田からは前の年の暮近く、彼の作詩による、これも少年少女のための歌曲集「うたえバンバン」(音楽之友社)を送られたが、こっちは楽譜を見て口吟むというわけにゆかないから、靴の上からかゆいところを掻くようなもので、物足りなかった。

「一回、阪田さんに来て頂いて、実地指導をしてもらったら」

家族の間からそういう希望が出た。で、私たちは正月の歌留多会に阪田を招いて、その席で「ポンコツマーチ」「かたづけチャオ」「コックのポルカ」「草原の別れ」「ともだち讃歌」など、次々と教えてもらった。

これまで輪唱をする時など、ほかの組に負けないように声を張り上げていたが、阪田寛夫は、これ以上静かにうたえといっても無理だといいたくなるくらいの、口の中で呟くような、それでいて歌曲の精髄は十分に自分のものにしていることが分るうたいかたで、一節一節、うたう。なるほど、この方がいい。

大学のサッカー部にいる長男は、どれがいちばん好きか、自分で決められないくらい、愛唱歌曲ができたが、たとえばカンツォーネ風の「草原の別れ」をうたうよりも、

「ピョン！　こいつぁいいぞ」

のリフレインのある、イギリス民謡の「いいやつみつけた」の方が確かに似合っている。とび上るのは、何といってもお手のものであったから。

「うたえバンバン」は、阪田のこの方面での仕事のいわば集大成であり、いまさらながら私たちはその才能に驚き、深い敬意を払わずにはいられなかった。

小説なんかと違ってこういう楽譜つきの歌曲集というのは、地味なもので、部数も少いらしいから、どれだけの人の手にわたるのやら、心細い気がする。私は、こういうものこそ大事にしなければいけないと思うのだが。

ところで、はじめのレコードに戻ると、この十四の歌曲は、キング・レコードの長田暁二氏があまり世間に流布されていないものをという基準で選んだものだという。ひとつひとつ、趣が違っていて、快い水の流れに身を任せているうちに、いつの間にか終りに来てしまう。渾然としている。

私たちの家族は、一年のうち、夏とそれに近いころだけ、夜のお茶の時間に蓄音機のある部屋に集まって、果物を食べたりしたあとでレコードをきく。手持ちの盤はいくらもないのだが、その都度、

「何をかけますか」

と誰かが聞き、あれにしようとほかの者がいって、あっさりと曲目は決まる。

「新しい少年少女の歌」が来てからは、ついこればかりきくようになった。尤も、明りを消した部屋の、こちらの床の上には夏がけをかぶって寝ているのがいるし、窓際の長椅子では肘かけに頭を載せて、長い、一本の棒のようになっているのもいて、とても行儀のいいきかたとはいえないが、途中できまってふき出すところがあった。

それは第二面の「かずのうた」であるが、7まで来て、「7はだいじなリズムです　に

ほんのうたは75ちょう」のあとに、男の子が独唱で「タタタタタ　トトトトト」と唱えてみせる。笑わずにはいられない。

七月の末に、近くに住む長女が上の子の誕生日に赤飯を届けに自転車で来た。家内が、阪田さんのレコードをお祝いに上げてもいいですかと聞くので、いいと返事した。

お蔭でこちらは註文したのが入るまで不自由したが、長女の方は思わぬ贈り物に大よろこびで、毎朝、子供を縁先で遊ばせておいて、レコードをかけながら洗濯をしています、一緒にうたっていますと報告した。

あとがき

　この「ノート」の原形は、庄野潤三全集（講談社刊）の各巻末に連載のような形で収められた。

　私の家の本棚には第一作品集の『愛撫』（昭和二十八年）から『おもちゃ屋』（昭和四十九年）まで、庄野さんの本が二十六冊並んでいる。すべて発行された時に著者から頂いたものである。読者としては年季が入っているが、庄野さんから最初全集の仕事の話を聞いた時はちょっと尻ごみをした。私は批評や解釈が不得意だからだ。しかしそのまま電話で話しているうちに、講談社の出版部の人が「庄野潤三ノート」というような形にしてはどうかと言っていると聞いて、それなら書けそうな気がしてきた。

「ノート」なら首尾一貫した理論はなくてもいいだろう。作品が書かれた折々に実際にあった事柄を書きつけて、そこへ自分の記憶をすこし書き添えて行けばいい。――これは私の考えなのか、その時の庄野さんからの口添えの言葉だったのかもはや判然としないが、およそこのような気持で昭和四十八年の三月からちょうど一年間かけて、全集の刊行に合わせて二十五章のノートを書き続けることができた。

私がひとり閉じこもって書いたのではなく、講談社のお世話で毎月一度録音機とノートを携えて庄野さんに逢い、全集一巻分ごとの作品について、書いた時の事情や今の気持などを聞かせてもらった。そして「取材」のあとは同じ場所で引続きおいしいうなぎの素焼きと、うなぎの茶漬けをごちそうになった。うなぎのせいもあるけれども、私は毎度たのしみにして勇んで家を出かけた。（ところがどんなに早目に私が家を出ても、きっと庄野さんの方が先に着いて戸口に一番近い床几に腰をかけ、年配の夫婦だけでやっている店の主人か奥さんと茶話をしていた）そういうことを十回続けて、その上に、丹念に貼ってある古いスクラップ・ブックや未発表の小説など、大切な資料をいくつも貸してもらった。そのほか二十数年間のつきあいと、その前に間接に知っていた子供の頃からの記憶やメモ類を総動員した。

だから、これは「庄野さんのものを庄野さんに返す」仕事であった。果たして私が、大事なものを傷めずに返せたかどうか。もしこの断片的な記述の中に読者を納得させる部分が幸にもあるとすれば、つまりそこに庄野さんの作品の美しさと面白さがあらわれているのである。しかし、私の側からいえば結果として庄野さんの作品について書く仕事は、ある角度から自分をしらべることにもなった。

こうして書いた「ノート」が独立して出版されることになり、こんどは冬樹社の編集部のお世話になった。冬樹社からは既に庄野さんの随筆集が二冊出ている。全集のノートを書き終えたのは今年の初めだが、一冊の本にするために少し構成を変え、約五分の一ほどの分量を書き足すのにまた一年かかった。そして、しめくくりとして、本のおわりに庄野さんの新しい随筆が一篇入った。「一枚のレコード」は、この本のために冬樹社の求めに応じて書かれたもので、原稿を取りに行った編集の人の話では「大へん書きにくかったけれども、さいごにうまくいった」のだそうである。あとがきを、その四日後にこうして書いているわけだから、今という時間に限ればこれが庄野さんの最新作である。

作品年譜と参考文献目録は冬樹社の編集部で、念入りに作ってもらえた。文献目録は庄野さんのものとして、最もくわしいと言ってよさそうだ。文中に引用した小説以外の庄野さんの文章は、随筆集『自分の羽根』（講談社）『クロッカスの花』『庭の山の木』（いずれも冬樹社）に収録されているものが多い。小説が好きな人は、こちらもきっと好きになるだろう。また、伊東静雄に関する文章では何度か富士正晴編「伊東静雄研究」（思潮社）のお世話になった。名前を挙げた方、挙げなかった方、文章を引用させていただいた方々にお礼を申し上げたい。

「ザボンの花」が好きだった私の母が、全集のノートを書いている最中に死んだが、母に死なれたおかげで判ったこともあった。庄野潤三全集を（ノートを含めて）通読した人から、庄野さんの方法で庄野さんの作品を描いていますねと言われた。そう言われてありがたい気持がした。

昭和四十九年十二月二十四日

阪田寛夫

主要作品年譜〔索引〕

発表年月　題名（＊印はエッセイを示す）　発表初出誌→初収刊本・全集　全集は講談社版（昭48・6～昭49・4）をさす。　本書頁

大正10年（一九二一）

＊2月9日　大阪府東成郡住吉村三五九番地（現、大阪市住吉区帝塚山東二丁目六番地）に父貞一、母春慧の三男として生まれる。兄鷗一、英二、姉滋子。

父が院長であった私立帝塚山学院幼稚部（大15・4入園）・小学部（昭2・4入学）を経て、昭和14年3月、大阪府立住吉中学校を卒業（昭8・4入学）。

昭和14年（一九三九）　18歳

＊4月　大阪外国語学校英語部に入学。　ラムの『エリア随筆』を読みはじめる。

〔未詳〕ふるさと（チャールズ・ラム、翻訳）「外語文学」　7

昭和15年（一九四〇）　19歳

〔未詳〕理想的な家庭（キャサリン・マンスフィールド、翻訳）「咲耶」

昭和17年（一九四二）21歳　*4月　九州帝国大学法文学部に入学。この年より翌年にかけて「カルチエ・ラタン譚」「淀の河辺」「尼子さんの夢」「満洲紀行」など原稿用紙やノートに書きつけた数多くの習作がある。

昭和18年（一九四三）22歳　*12月　大学繰り上げ卒業。　広島県大竹海兵団に入団。

3月　一月十二日の記　16　172

昭和19年（一九四四）23歳　*1月　海軍予備学生隊に入隊。

4月　雪・ほたる（執筆は昭18・11）　「まほろば」　8　14〜15　183

昭和20年（一九四五）24歳　*8月　終戦。　10月　大阪府立今宮中学に奉職。

昭和21年（一九四六）25歳　*1月　浜生千寿子と結婚。

7月　罪　「午前」→『全集1』　12

10月　貴志君の話　「光耀」第二輯→『全集1』　14　16〜17

11月　淀の河辺*　「午前」

昭和22年（一九四七）26歳　*10月　長女夏子誕生。

1月　チェルニのうた（詩）　「文学雑誌」創刊号

4月　ピューマと黒猫　「文学雑誌」第三号→『全集1』　17〜20
6月　青葉の笛　「午前」
10月　映画雑記＊　「今中新聞」20日　254
12月　恋文　「新現実」　40

昭和23年（一九四八）27歳

＊11月　長兄鷗一死去。

4月　銀鞍白馬　「文学雑誌」第八号
6月　巴旦杏の木の下（サローヤンの「ハンフォードへの旅」による、児童劇団「ともだち劇場」のための戯曲）
10月　ユリシス＊　「南風」5日　253

昭和24年（一九四九）28歳

4月　愛撫　「新文学」→『愛撫』・『全集1』　22〜27
　　兄弟　「文学雑誌」　70〜71
7月　わが文学の課題＊　「夕刊新大阪」25日　29〜30
8月　十月の葉　「文学雑誌」　51　256

昭和25年（一九五〇）29歳

＊10月　父貞一急逝。

2月　舞踏　「群像」→『愛撫』・『全集1』　26〜31

5月　抑制について＊　「夕刊新大阪」6日　25
6月　愛情に満ちた歴史眼を＊　「同志社学生新聞」15日　35
7月　君が人生の時——人生肯定の作家・サロウヤン＊　「夕刊新大阪」1日　74
8月　スラヴの子守唄　「群像」→『愛撫』・『全集1』　36
10月　メリイ・ゴオ・ラウンド　「人間」→『愛撫』・『全集1』　31〜36
＊9月　朝日放送入社。　長男龍也誕生。

昭和26年（一九五一）　30歳

4月　紫陽花　「文芸」→『プールサイド小景』・『全集1』　45
6月　虹と鎖　「現在」

昭和27年（一九五二）　31歳

＊9月　朝日放送東京支社に転勤。

昭和28年（一九五三）　32歳

1月　喪服　「近代文学」→『愛撫』・『全集1』　40
4月　恋文　「文芸」→『愛撫』・『全集1』　40
6月　先生のこと＊　「詩学」→富士正晴編『伊東静雄研究』（思潮社刊）　177
7月　「反響」のころ＊　「祖国・伊東静雄追悼号」→『庭の山の木』　102 257
8月　会話　「近代文学」→『愛撫』・『全集1』　38〜39

12月　流木　「群像」→『愛撫』・『全集1』　41
経験的リアリティ＊　「東京新聞」20日　7〜8　44〜45　265

昭和29年（一九五四）33歳

1月　噴水　「近代文学」→『愛撫』・『全集1』　39
十月の葉　「ニューエイジ」→『プールサイド小景』・『全集1』　51
2月　臙脂　「文学界」→『プールサイド小景』・『全集1』　47
6月　桃李　「文学界」→『プールサイド小景』・『全集1』　52　54〜55　61
黒い牧師　「新潮」→『プールサイド小景』・『全集1』　46
団欒　「文芸」→『プールサイド小景』・『全集1』　52〜53　55　256
10月　結婚　「文学界」→『プールサイド小景』・『全集1』　47〜49
12月　プールサイド小景　「群像」→『プールサイド小景』・『全集1』　47　49〜52

昭和30年（一九五五）34歳

＊1月　第32回芥川賞受賞（プールサイド小景）。8月　朝日放送退社。

1月　異端糾問　「近代文学」
2月　伯林日記　「文芸」→『プールサイド小景』・『全集1』　52〜53
3月　鵞ペン　「別冊文芸春秋」
感想＊　「文芸春秋」　51

4月　バングローバーの旅　「文芸」→『バングローバーの旅』・『全集2』　73～75

ザボンの花（連載）1日～昭30・8・31　「日本経済新聞」夕刊→『ザボンの花』・『全集2』　59～65　72　136～137　140

5月　雲を消す男　「文学界」→『バングローバーの旅』・『全集2』　67

兄弟　「新潮」→『バングローバーの旅』・『全集2』　70～71

6月　帰宅の時　「別冊文芸春秋」

7月　海の景色　「中央公論」

薄情な恋人　「知性」→『バングローバーの旅』・『全集2』　69

三つの葉　「小説新潮」→『旅人の喜び』・『全集1』　47

9月　かの旅――伊東静雄回顧＊　「文学界」

10月　ビニール水泳服実験　「文芸」→『バングローバーの旅』・『全集2』　73

緩徐調　「文芸春秋」→『バングローバーの旅』・『全集2』　73

少年　「小説新潮」

憂しと見し世ぞ＊　「日本経済新聞」13日→『自分の羽根』・『全集10』

12月　無抵抗　「別冊文芸春秋」→『バングローバーの旅』・『全集2』　72

小沼丹＊　「文芸」

昭和31年（一九五六）　35歳

＊2月　次男和也誕生。　4月　母春慧死去。

1月　可愛い人　「婦人朝日」
3月　勝負　「文芸」→『バングローバーの旅』・『全集2』　72
4月　机　「群像」→『バングローバーの旅』・『全集2』　69
離れ島　「小説公園」
5月　孔雀の卵　「小説新潮」
スカランジェロさん（童話）　「小学六年生」
ヘミングウェイ＊　「近代文学」
ダゴンさんの恋人　「オール読物」
6月　旅人の喜び（連載）〜昭32・3　「知性」→『旅人の喜び』・『全集2』　76〜81
ナイター　「別冊文芸春秋」
8月　黄色いガウン　「若い女性」
9月　夢見る男　「小説新潮」
10月　不安な恋人　「文学界」
会話の練習　「小説公園」
ハンモック　「オール読物」
11月　梅崎春生論＊　「文芸」
「舞踏」の時＊　「群像」→『庭の山の木』　26
12月　太い糸　「別冊文芸春秋」→『全集3』　92

家族旅行の楽しさ＊　「旅」

昭和32年（一九五七）36歳

＊8月　米国へ留学（オハイオ州ガンビア）。

2月　ある町　「群像」
独身　「小説公園」
5月　私の取材法＊　「産経時事」30日→『庭の山の木』　120
6月　父　「文学界」→『全集3』　92
7月　自由な散歩　「小説新潮」
8月　私のパタシュ　「新女苑」
10月　相客　「群像」→『静物』・『全集3』　92
詩人・生活＊　「文学界」
11月　吊橋　「オール読物」

＊8月　米国より帰国。

昭和33年（一九五八）37歳

12月　五人の男　「群像」→『静物』・『全集3』　94
イタリア風　「文学界」→『静物』・『全集3』　90　93〜94
梶井基次郎＊　「文学者」→『自分の羽根』・『全集10』

昭和34年（一九五九）38歳

1月 南部の旅 「オール読物」→『道』・『全集4』 90 117〜119
自分の羽根＊ 「産経新聞」13日→『自分の羽根』・『全集10』 95 249〜250
3月 父母の国 「婦人之友」→『絵合せ』・『全集8』 90 221
若き芥川賞作家房総へ＊ 「旅」
ガンビア滞在記 書き下ろし（中央公論社刊）→『全集3』 82〜91
4月 話し方研究会 「別冊小説新潮」→『休みのあくる日』 90
自由自在な人＊ 「鷗外全集第二巻月報」（筑摩書房刊）→『自分の羽根』・『全集10』 259
6月 三人のディレクター＊ 「放送朝日」→『庭の山の木』
9月 ニューイングランドびいき 「婦人画報」→『旅人の喜び』・『全集3』 90 93
10月 静かな町 「別冊小説新潮」→『道』・『全集4』 90 117
11月 蟹 「群像」→『静物』・『全集3』 96

昭和35年（一九六〇）39歳

1月 今年の仕事＊ 「朝日新聞」5日→『自分の羽根』・『全集10』 105
6月 静物 「群像」→『静物』・『全集3』 97〜103 120〜123
7月 土人の話 「小説中央公論」

グァム島の日本兵＊　「新潮」

8月　なめこ採り　「文学界」→『道』・『全集4』　117〜119

10月　二人の友　「声」秋季号→『道』・『全集4』　117〜119

旅費節約の方法＊　「旅」

11月　王様とペンギン（連載）〜昭35・12　「婦人之友」

12月　ケリーズ島　「文学界」→『道』・『全集4』　90 119

テレビの西部劇＊　「近代文学」→『庭の山の木』

檀さんの印象＊　「新選現代日本文学全集26月報」（筑摩書房刊）
→『自分の羽根』・『全集10』

昭和36年（一九六一）　40歳

＊4月　川崎市生田に転居。

1月　紀行随筆（連載）〜昭36・12＊　「いけ花龍生」　130

2月　湖中の夫　「新潮」

3月　座談会私小説は滅びるか（亀井勝一郎・上林暁）　「群像」　10 257

4月　花　「小説中央公論」→『休みのあくる日』　90

マッキー農園　「文学界」→『道』・『全集4』　90 119 121

グランド・キャニオン　「風景」→『絵合せ』・『全集8』　90 221〜222

セーラの話（童話）　「小学六年生」

7月　創作合評（安部公房・三島由紀夫）〜昭36・9「群像」 102
8月　青柳邸訪問記＊「いけ花龍生」→『自分の羽根』・『全集10』 120
9月　二つの家族「新潮」→『道』・『全集4』 90
浮き燈台　書き下ろし（新潮社刊）→『全集4』 104〜113
10月　リッチソン夫妻「群像」 90
12月　一夜の宿「文学界」

昭和37年（一九六二）41歳

1月　座談会戦後文学の批判と確認――島尾敏雄――その仕事と人間（平野謙・埴谷雄高ほか・連載）〜昭37・2「近代文学」
わが小説＊「朝日新聞」24日→『自分の羽根』・『全集10』 94 104 106 109
志摩の安乗＊「週刊読書人」15日→『自分の羽根』・『全集10』 112
4月　道「新潮」→『道』・『全集4』 114〜118
5月　天龍川をさかのぼる（紀行）「旅」 130
雷鳴「文学界」→『鳥』・『全集5』 130
6月　熊谷守一の回顧展＊「芸術新潮」→『自分の羽根』・『全集10』 129
現代風景＊「新潮」
7月　薪小屋「群像」→『鳥』・『全集5』 130

8月　日ざかり　「新潮」→『鳥』・『全集5』　128〜129　163
つむぎ唄（連載）〜昭38・7　「芸術生活」→『つむぎ唄』・『全集4』　123
文学を志す人々へ――ある夏の読書日記＊　「群像」→『自分の羽根』・『全集10』
10月　休日　「文芸」
写真家スナイダー氏　「風景」→『絵合せ』・『全集8』　90　221
11月　老人＊　「新潮」→『自分の羽根』・『全集10』

昭和38年（一九六三）　42歳

2月　橇　「文学界」→『休みのあくる日』
5月　作者と作品＊　「新潮」
7月　鳥　「群像」→『鳥』・『全集5』　125　128　132
8月　ゴーゴリ＊　「世界文学大系80月報」（筑摩書房刊）→『自分の羽根』・『全集10』
9月　郡上八幡（紀行）　「朝日ジャーナル」1日→『庭の山の木』　261
11月　石垣いちご　「文学界」→『丘の明り』・『全集5』　148　256

昭和39年（一九六四）　43歳

1月　多摩の横山＊　「新潮」→『自分の羽根』・『全集10』
2月　鉄の串　「群像」→『絵合せ』・『全集8』　220

3月　子供の怪我　「婦人之友」
6月　蒼天　「新潮」→『丘の明り』・『全集5』　148
7月　曠野　「群像」→『丘の明り』・『全集5』　148　206〜207
私の小説作法＊　「毎日新聞」5日→『自分の羽根』・『全集10』
「あなただけ今晩は」＊　「近代文学」→『クロッカスの花』・『全集10』　262
8月　私の戦争文学＊　「読売新聞」25日→『クロッカスの花』・『全集10』　53　256
9月　夕べの雲（連載）6日〜昭40・1・19　「日本経済新聞」夕刊→『夕べの雲』・『全集5』　104　135〜144
思い出すこと　「世界」
ある歌びとの生涯＊　「風景」
道＊　「学鐙」→『自分の羽根』・『全集10』　263〜264
10月　佐渡　書き下ろし（芥川賞作家シリーズ『佐渡』学習研究社刊）→『全集5』　133〜135
12月　絶版＊　「文学界」→『自分の羽根』・『全集10』

昭和40年（一九六五）44歳

1月　つれあい　「新潮」→『丘の明り』・『全集5』　147
2月　冬枯　「群像」→『丘の明り』・『全集5』　145　163
夕暮れ＊　「毎日新聞」11日→『自分の羽根』・『全集10』　264
4月　行きずり　「文学界」→『丘の明り』・『全集5』　145

6月　お裾分け＊　「いんでいら」↓『自分の羽根』・『全集10』
7月　座談会文学と資質（吉行淳之介・遠藤周作・安岡章太郎・小島信夫）「文芸」
11月　秋風と二人の男　「群像」↓『丘の明り』・『全集5』　147
12月　対談文学を索めて（小島信夫）「新潮」　129 146 159
「火鉢」＊　「漱石全集第八巻月報」↓『自分の羽根』・『全集10』

昭和41年（一九六六）45歳

4月　対談自然と描写（高井有一）「文学界」
6月　まわり道　「群像」↓『丘の明り』・『全集5』　145 147 163
思いちがい＊　「風景」
7月　対談日本の文壇と英文学——夏目漱石をめぐって（福原麟太郎）「英語青年」↓『文学的人生』（福原麟太郎対話集・研究社出版刊）
あわれときびしさ——家風について＊「暮しの知恵」↓『自分の羽根』・『全集10』　224 251
10月　流れ藻　「新潮」↓『流れ藻』・『全集6』　154〜161
11月　詩三つ＊　「新潮」↓『クロッカスの花』・『全集10』
12月　雛子の羽（連載）〜昭42・11　「文学界」↓『雛子の羽』・『全集6』　162〜169

昭和42年（一九六七）46歳

1月　山高帽子　「文芸」→『丘の明り』・『全集6』　151
2月　無駄あし＊　「風景」
3月　卵　「朝日新聞」19日（日曜版）→『丘の明り』・『全集6』　152
　　好みと運＊　『われらの文学13・庄野潤三』→『クロッカスの花』・『全集10』　267
4月　雪舟の庭（紀行）　「太陽」→『クロッカスの花』・『全集10』
7月　丘の明り　「展望」→『丘の明り』・『全集6』　145 199
9月　私の第一作品集『愛撫』＊　「群像」
　　日常生活の旅＊　「旅」→『クロッカスの花』・『全集10』
　　一つの縁＊　「ちばぎん・ひまわり」→『クロッカスの花』・『全集10』　154
10月　伊東静雄の手紙＊　『手紙の発想』（文理書院ドリーム出版刊）
　　→『クロッカスの花』・『全集10』　260
　　日本語の上手な詩人＊　『詩の本』（筑摩書房刊）→『クロッカスの花』・『全集10』　261
12月　シェイクスピア＊　「シェイクスピア全集1月報」（筑摩書房刊）
　　→『自分の羽根』・『全集10』　262

昭和43年（一九六八）　47歳

1月　尺取虫　「季刊芸術」冬季→『小えびの群れ』・『全集8』　201
　　伊東静雄・人と作品　解説　『日本詩人全集28』（新潮社刊）→『庭の山の木』　246

2月　作品の背景＊　「東京新聞」9日→『クロッカスの花』・『全集10』　50
星空と三人の兄弟　「群像」→『小えびの群れ』・『全集8』　198〜200
5月　ロンドンの物音＊　「文学界」→『クロッカスの花』・『全集10』
7月　喜劇の作家＊　「雲」公演プログラム→『クロッカスの花』・『全集10』　258
8月　佐藤春夫伝　解説　『現代日本文学館21』（文芸春秋刊）
9月　前途　「群像」→『前途』・『全集7』　7〜10　170〜186
湖上の橋　「文学界」→『小えびの群れ』・『全集8』　90　207
明るく、さびしい＊　「週刊読書人」9日→『クロッカスの花』・『全集10』　255

昭和44年（一九六九）48歳

1月　秋の日　「文芸」→『小えびの群れ』・『全集8』　148　206〜207
3月　雨の日　「風景」→『小えびの群れ』・『全集8』　208
5月　戸外の祈り　「婦人之友」→『小えびの群れ』・『全集8』　205
9月　紺野機業場　「群像」→『紺野機業場』・『全集7』　187〜197
11月　パナマ草の親類　「海」→『小えびの群れ』・『全集8』　202
サローヤンの本＊　「悲劇喜劇」→『クロッカスの花』・『全集10』　74　253
12月　海のそばの静かな町＊　「中日新聞」17日→『クロッカスの花』・『全集10』　189　196

昭和45年（一九七〇）　49歳

＊5月　長女夏子、今村邦雄と結婚。

1月　小えびの群れ　「新潮」→『小えびの群れ』・『全集8』　205

魚・鳥・井伏さん＊　「新潮日本文学17月報」→『クロッカスの花』・『全集10』

2月　年ごろ　「文学界」→『小えびの群れ』・『全集8』　208

3月　さまよい歩く二人　「文芸」→『小えびの群れ』・『全集8』　204

4月　野菜の包み　「群像」→『小えびの群れ』・『全集8』　203

クロッカスの花＊　「日本経済新聞」9日→『クロッカスの花』・『全集10』　262

6月　庭の山の木＊　「読売新聞」8日→『庭の山の木』

8月　屋根（長篇「屋根」①）　「新潮」→『屋根』・『全集8』　215

11月　絵合せ　「群像」→『絵合せ』・『全集9』　216 222 229 234 266

12月　父と子（長篇「屋根」②）　「新潮」→『屋根』・『全集8』　215

昭和46年（一九七一）　50歳

＊7月　今村和雄生まれ、祖父となる。

1月　仕事場　「新潮」→『絵合せ』・『全集8』　218

蓮の花　「文芸」→『絵合せ』・『全集8』　217

ゆとりときびしさ＊　「サンケイ新聞」6日→『庭の山の木』

3月　カーソルと獅子座の流星群　「文学界」→『絵合せ』・『全集8』　219

7月　村の道（長篇「屋根」③）　「新潮」↓『屋根』・『全集8』　215
8月　宝石のひと粒　「文芸」↓『休みのあくる日』
10月　休みのあくる日　「群像」↓『休みのあくる日』
11月　組立式の柱時計　「新潮」↓『休みのあくる日』
対談『絵合せ』を語る（インタヴューアー古屋健三）　「三田文学」

昭和47年（一九七二）　51歳

＊9月　二人目の孫今村良雄誕生。

1月　餡パンと林檎のシロップ　「文学界」↓『休みのあくる日』
野鴨（連載）～昭47・10　「群像」↓『野鴨』・『全集9』　238〜246　266
4月　明夫と良二　書き下ろし（岩波書店刊）↓『全集9』　231〜237
7月　子供の本と私＊　「図書」↓『庭の山の木』
8月　家にあった本・田園＊　「新潮日本文学55月報」↓『庭の山の木』　19

昭和48年（一九七三）　52歳

1月　雨傘　「新潮」↓『休みのあくる日』
沢登り（短篇連作①）　「文芸」↓『おもちゃ屋』
4月　燈油（短篇連作②）　「文芸」↓『おもちゃ屋』
5月　おんどり（短篇連作③）　「文芸」↓『おもちゃ屋』

6月　鷹のあし　「群像」→『休みのあくる日』
7月　甘えび（短篇連作④）「文芸」→『おもちゃ屋』
8月　くちなわ（短篇連作⑤）「文芸」→『おもちゃ屋』
9月　ねずみ（短篇連作⑥）「文芸」→『おもちゃ屋』
10月　泥鰌（短篇連作⑦）「文芸」→『おもちゃ屋』
11月　うずら（短篇連作⑧）「文芸」→『おもちゃ屋』
12月　おもちゃ屋（短篇連作最終回）「文芸」→『おもちゃ屋』

昭和49年（一九七四）　53歳

1月　砂金　「群像」→『休みのあくる日』
4月　三宝柑（連載・毎週1回）1日〜昭49・6・24「毎日新聞」夕刊→『休みのあくる日』
5月　漏斗　「新潮」→『休みのあくる日』
6月　霧とイギリス人＊　「文芸」
7月　引越し　「海」→『休みのあくる日』
10月　葡萄棚　「群像」→『休みのあくる日』
12月　葦切り　「新潮」

昭和50年（一九七五）　54歳

1月　五徳　「文芸」
やぶかげ　「海」
鍛冶屋の馬（短篇連作）　「文学界」
2月　かまいたち（短篇連作）　「文学界」
3月　七草過ぎ（短篇連作）　「文学界」

（本年譜は初出誌紙を踏査した）

参考文献

青野季吉・中山義秀・荒　正人「創作合評」（「愛撫」）（『群像』昭24・7）
白井　明「メモラビア欄」（「愛撫」）（『読売新聞』昭25・2・7）
宇野浩二・高見　順・平野　謙「創作合評」（「舞踏」）（『群像』昭25・4）
坂西志保「週刊図書館」（「愛撫」）（『週刊朝日』昭29・1・24）
神西　清・北原武夫・寺田　透「創作合評」（「噴水」）（『群像』昭29・2）
小島信夫「庄野潤三『愛撫』」（『図書新聞』昭29・2・6）
井上　靖「庄野潤三『愛撫』」（『婦人公論』昭29・3）
佐藤春夫・舟橋聖一・他「芥川賞選後評」（『文芸春秋』昭29・3）
山本健吉「庄野潤三『愛撫』」（『文学界』昭29・3）
平林たい子「文芸時評」（「桃李」ほか）（『東京新聞』昭29・5・30）
瀧井孝作・佐藤春夫・他「芥川賞選後評」（『文芸春秋』昭30・3）
清水　一「わたしの小説時評」（「バングローバーの旅」）（『読売新聞』昭30・3・28）
武田泰淳「モノガタリの形式」（「雲を消す男」ほか）（『東京新聞』昭30・4・30）

安岡章太郎「庄野潤三『プールサイド小景』」（『三田文学』昭30・5）
井上　靖「庄野潤三について」（『知性』昭30・7）
野島秀勝「第三の新人たち」（『文学界』昭30・7）
服部　達「劣等生・小不具者・そして市民」（『文学界』昭30・9）
安岡章太郎「解説」（角川文庫『プールサイド小景』昭31・1）
井伏鱒二「新人作家の人と作品」（『東京新聞』昭31・4・20）
坂西志保「庄野潤三『ザボンの花』」（『日本読書新聞』昭31・9・3）
坂西志保「アジアからの新しい星」（『文芸春秋』昭33・1）
無　署　名「大言小言」（『産経時事』昭33・8）
小島信夫「文芸時評」（「五人の男」）（『週刊読書人』昭33・11・26）
小島信夫「庄野潤三『ガンビア滞在記』」（『読売新聞』昭34・3・30）
福原麟太郎「庄野潤三『ガンビア滞在記』」（『週刊文春』昭34・6・29）
平野　謙「今月の小説」（「静物」）（『毎日新聞』昭35・5・27）
中村真一郎「文芸時評」（「静物」）（『東京新聞』昭35・5・29）
伊藤　整「愛の世界とは何か」（『新潮』昭35・7）
安岡章太郎・遠藤周作・吉行淳之介「創作合評」（「静物」）（『群像』昭35・7）
三島由紀夫「日常生活直下の地獄」（「静物」）（『読売新聞』昭35・7・6）
平野　謙「今月の小説」（『毎日新聞』昭35・7・26）

久保田正文「文芸時評」（「静物」）（『新日本文学』昭35・8）
奥野健男「庄野潤三『静物』」（『日本経済新聞』昭35・10・31）
山本健吉「解説」（『新選現代日本文学全集33』）昭35・11　筑摩書房
江藤　淳・河上徹太郎・佐伯彰一・平野　謙「一九六〇年の文壇総決算」（『文学界』昭35・12）
河上徹太郎・平野　謙・中村光夫「創作合評」（「二人の友」）（『群像』昭35・12）
亀井勝一郎・小林秀雄・他「新潮社文学賞選後評」（『新潮』昭36・1）
亀井勝一郎・庄野潤三・上林　暁「私小説は滅びるか」（『群像』昭36・3）
奥野健男「日本文学4月の状況」（「マッキー農園」「花」）（『週刊読書人』昭36・3・27）
山本健吉「私小説をこえるもの」（『東京新聞』昭36・5・6〜8）
平林たい子・山本健吉・北原武夫「創作合評」（「マッキー農園」）（『群像』昭36・5）
佐伯彰一「庄野潤三『浮き燈台』」（『週刊読書人』昭36・10・9）
奥野健男「庄野潤三『浮き燈台』」（『図書新聞』昭36・10・14）
埴谷雄高・中村真一郎・佐々木基一「創作合評」（「浮き燈台」）（『群像』昭36・12）
平野　謙「今月の小説」（「道」）（『毎日新聞』昭37・3・30）
河上徹太郎「文芸時評」（「雷鳴」）（『読売新聞』昭37・5・21）
埴谷雄高・平林たい子・寺田　透「創作合評」（「雷鳴」）（『群像』昭37・7）
福原麟太郎「庄野潤三『道』」（『週刊読書人』昭37・9・3）

佐伯彰一「庄野潤三『道』」（『図書新聞』昭37・11・8）
進藤純孝「庄野潤三『旅人の喜び』」（『図書新聞』昭38・3・23）
平野　謙『文芸時評』（「流木」「プールサイド小景」ほか）昭38・8　河出書房新社
河盛好蔵・福永武彦・青柳瑞穂「創作合評」（「鳥」）（『群像』昭38・8）
江藤　淳『文芸時評』（「道」）昭38・10　新潮社
山本健吉「解説」（『新日本文学全集1』）昭38・11　集英社
大岡昇平・寺田　透・埴谷雄高「創作合評」（「石垣いちご」）（『群像』昭38・12）
奥野健男「庄野潤三『静物』」ほか（『文学的制覇』）昭39・3　春秋社
平野　謙「日常性の恢復」「愛とエゴイズム」（新潮文庫『芸術と実生活』昭39・4）
山本健吉「文芸時評」（「静物」「蒼天」）（『東京新聞』昭39・5・30）
川村　晃「庄野潤三『鳥』」（『日本読書新聞』昭39・6・22）
林　房雄「文芸時評」（「曠野」）（『朝日新聞』昭39・6・25）
阿部知二・手塚富雄・佐藤　朔「創作合評」（「蒼天」）（『群像』昭39・7）
瀬沼茂樹「文芸時評」（「思い出すこと」）（『東京新聞』昭39・8・23）
佐藤春夫・他「第32回芥川賞選後評」（芥川賞作家シリーズ『佐渡』）昭39・11　学習研究社
進藤純孝「解説」（同前）
瀬沼茂樹「文芸時評」（「つれあい」）（『東京新聞』昭39・12・19）
山本健吉「解説」（『日本文学全集72』）昭40・1　新潮社

平野　謙「今月の小説」（「冬枯」）（『毎日新聞』昭40・1・30）
山室　静「解説」（新潮文庫『プールサイド小景・静物』昭40・2）
江藤　淳「文芸時評」（「夕べの雲」）（『朝日新聞』昭40・4・28）
吉本隆明『言語にとって美とはなにかI』（「静物」）昭40・5　勁草書房
福田宏年「庄野潤三『夕べの雲』」（『サンデー毎日』昭40・5・2）
江藤　淳・小田切秀雄「日本文学の進路をめぐって」（『群像』昭40・6）
福原麟太郎「庄野潤三『夕べの雲』」（『熊本日日新聞』昭40・6・4）
河上徹太郎「文学時評」（「夕べの雲」）（『新潮』昭40・7）
小島信夫・庄野潤三「文学を索めて」（『新潮』昭40・12）
本多秋五・野間　宏・埴谷雄高「現代文学の保守と革新」（『群像』昭41・4）
安岡章太郎「三番センター庄野潤三君」（『良友・悪友』）昭41・4　新潮社
江藤　淳「文芸時評」（「まわり道」）（『朝日新聞』昭41・5・31）
上田三四二「家庭の危機と幸福」（『群像』昭41・7）
松原新一「仮眠の季節」（『群像』昭41・7）
進藤純孝「文芸時評」（「流れ藻」）（『産経新聞』昭41・9・24）
本多秋五「文芸時評」（「流れ藻」）（『東京新聞』昭41・9・29）
佐々木基一「非戦後派は何をしたか」（『群像』昭41・10）
福田宏年「戦後文学論覚書——第三の新人の位置付け」（『文学界』昭41・11）

江藤　淳「成熟と喪失――〝母〟の崩壊について」（「静物」ほか）（『文芸』昭42・2～3）
上田三四二「『三十年作家』の自己確立」（『群像』昭42・2）
江藤　淳「『絵本』と『旅行者』」（『われらの文学13』）昭42・3　講談社
江藤　淳『続文芸時評』（「夕べの雲」「流れ藻」ほか）昭42・3　新潮社
瀬沼茂樹「庄野潤三『流れ藻』」（『週刊読書人』昭42・3・27）
江藤　淳『成熟と喪失』（「夕べの雲」「静物」ほか）昭42・6　河出書房新社
奥野健男「人と文学」（『現代文学大系62』）昭42・6　筑摩書房
進藤純孝「文芸時評」（「雉子の羽」）（『産経新聞』昭42・10・26）
山本健吉「文芸時評」（「雉子の羽」）（『読売新聞』昭42・11・1）
磯田光一「現代小説の転位」（『文学界』昭42・12）
吉田健一「文芸時評」（「尺取虫」）（『読売新聞』昭42・12・26）
奥野健男「庄野潤三『丘の明り』」（『日本経済新聞』昭43・1・15）
松原新一「解説」（『全集・現代文学の発見5』）昭43・4　学芸書林
磯田光一「日常生活の危機」（『日本文学の歴史12』）昭43・4　角川書店
青柳瑞穂「庄野潤三『自分の羽根』」（『群像』昭43・5）
江藤　淳「新書解体・庄野潤三『雉子の羽』」（『文学界』昭43・6）
斯波四郎「庄野潤三『雉子の羽』」（『週刊読書人』昭43・6・3）
小島信夫「文芸時評」（「前途」）（『朝日新聞』昭43・7・29）

吉田健一「文芸時評」(「湖上の橋」)(『読売新聞』昭43・8・27)
服部　達「劣等生・小不具者・そして市民」(『われらにとって美は存在するか』)昭43・9　審美社
佐多稲子・青柳瑞穂・安岡章太郎「創作合評」(「前途」)(『群像』昭43・9)
島尾敏雄「庄野潤三『前途』」(『産経新聞』昭43・12・5)
亀井秀雄「庄野潤三──『夕べの雲』を視座として」(『国文学』昭44・2)
庄野潤三・吉田精一「戦争下の青春と文学」(同前)
奥野健男「解説」(『日本の文学75』)昭44・2　中央公論社
阿川弘之・庄野潤三・有吉佐和子・奥野健男「阿川・庄野・有吉文学の周辺」(『日本の文学75』付録61)昭44・2　中央公論社
江藤　淳「庄野潤三」(『崩壊からの創造』)昭44・5　勁草書房
平野　謙『文藝時評』(「流木」ほか)昭44・8　河出書房新社
平野　謙『文藝時評』(「鳥」ほか)昭44・9　河出書房新社
上田三四二「リアリズムと現代」(『風景』昭44・10)
瀬沼茂樹「庄野潤三『紺野機業場』」(『信濃毎日新聞』昭44・12・17)
阪田寛夫「庄野潤三『紺野機業場』」(『サンケイ新聞』昭44・12・28)
小川国夫「庄野潤三『紺野機業場』」(『日本読書新聞』昭45・1・1)
山室　静「庄野潤三論」(『現代日本文学大系88』)昭45・2　筑摩書房

安岡章太郎「庄野潤三」「文芸時評」(「紺野機業場」ほか)(『小説家の小説論』)昭45・10　河出書房新社
江藤　淳「11月の文学」(「絵合せ」)(『毎日新聞』昭45・10・30)
進藤純孝「評伝的解説」(『現代日本の文学44』)昭45・11　学習研究社
足立巻一「大阪・帝塚山から佐渡へ」(同前)
小島信夫・庄野潤三「残存するプラトニックな感じ」(『現代日本の文学44』月報40)同前
佐伯彰一「文芸時評」(「父と子」)(『読売新聞』昭45・11・30)
小川国夫「庄野潤三『紺野機業場』」(『一房の葡萄』)昭45・12　冬樹社
饗庭孝男「庄野潤三『小えびの群れ』」(『日本読書新聞』昭45・12・14)
安岡章太郎「ちいさな片隅の別世界」(『安岡章太郎全集6』)昭46・6　講談社
佐伯彰一「文芸時評」(「村の道」)(『読売新聞』昭46・6・29)
小沼　丹「庄野潤三の文学」(講談社文庫『夕べの雲』昭46・7)
小田切秀雄「庄野潤三『プールサイド小景』『静物』」(『戦後文学作品鑑賞』)昭46・7　読売新聞社
秋山　駿「文芸時評」(「宝石のひと粒」)(『東京新聞』昭46・7・31)
耕　治人「庄野潤三『絵合せ』」(『群像』昭46・8)
古屋健三・庄野潤三「『絵合せ』を語る」(『三田文学』昭46・11)
立石　伯「庄野潤三『静物』論」(『文学的立場』6号　昭47・1)

河上徹太郎「文芸時評」（「絵合せ」）（『朝日新聞』昭47・1・6）
吉本隆明『吉本隆明全著作集6』（「静物」）昭47・2　勁草書房
高井有一「庄野潤三『屋根』」（『群像』昭47・3）
進藤純孝「第三の新人」（日本近代文学館編『日本文学の戦後』）昭47・5　読売新聞社
上田三四二「輪郭について」（『三田文学』昭47・5）
柄谷行人「夢の世界――島尾敏雄と庄野潤三」（『文学界』昭47・7）
進藤純孝「解説」（『新潮日本文学55』）昭47・8　新潮社
山室　静「庄野潤三論」（『山室静著作集4』）昭47・9　冬樹社
進藤純孝「庄野潤三」（巌谷大四・尾崎秀樹共著『文壇百人』）昭47・10　読売新聞社
秋山　駿・上田三四二・松原新一「創作合評」（『群像』昭47・11）
阪田寛夫「解説」（角川文庫『ザボンの花』昭47・12）
江藤　淳「成熟と喪失」（『江藤淳著作集 続1』）昭48・1　講談社
平岡篤頼「面白さの原点」（『早稲田文学』昭48・2）
高橋英夫「『経験』の翳り――庄野潤三論」（『群像』昭48・3）
江藤　淳「庄野潤三」（『江藤淳著作集 続2』）昭48・3　講談社
進藤純孝「庄野潤三『野鴨』」（『文芸』昭48・4）
阪田寛夫「庄野潤三ノート」（『庄野潤三全集』）昭48・6～昭49・4　講談社
佐伯彰一『日本の小説を索めて――文芸時評'69～'72』（「紺野機業場」「屋根」ほか）昭48・6　冬

樹社
高橋英夫「『経験』の翳り――庄野潤三論」（『見つつ畏れよ』）昭48・6　新潮社
林富士馬「文芸時評」（「鷹のあし」ほか）（『浪曼』昭48・8）
饗庭孝男「庄野潤三『小えびの群れ』」（『表現者の夢』）昭48・10　冬樹社
島尾敏雄「庄野潤三『前途』」（『島尾敏雄非小説集成6』）昭48・10　冬樹社
久保田芳太郎「庄野潤三」（『戦後作家の履歴』）昭48・11　至文堂
芹沢俊介「庄野潤三と〈父〉」（『宿命と表現』）昭48・12　冬樹社
高橋英夫「庄野潤三『おもちゃ屋』」（『群像』昭49・6）
古屋健三「庄野潤三『おもちゃ屋』」（『文芸』昭49・6）
饗庭孝男「現在へのはるかな懐しさ」（『現代の文学18』）昭49・7　講談社
平岡篤頼「面白さの原点」（『迷路の小説論』）昭49・10　河出書房新社
上田三四二「庄野潤三論」（『眩暈を鎮めるもの』）昭49・11　河出書房新社
柄谷行人「夢の世界――島尾敏雄と庄野潤三」（『意味という病』）昭50・2　河出書房新社

魂の交流としての言葉

解説

富岡幸一郎

阪田寛夫の手になる本書は、昭和四十八年（一九七三年）の六月から刊行された『庄野潤三全集』（全十巻）の各巻末に発表された文章をまとめたものである。全集の解説であるが、読んでいくとこれは容易ならざる文章だとすぐに気づく。庄野潤三の作品に批評や解釈を加えるという通常の「解説」の域をはるかに超えている。いや、庄野作品を丁寧に辿り、その文章を一行一行解きほぐすように懇切に言及した「解説」であるのはいうまでもないが、ここではもっと不思議なことが起っている。

それは一言でいえば、言葉というものを通しての魂の交流であり、交感である。これはまさに稀有な、文学史上の出来事であるように思われる。

著者は「あとがき」にこう記す。

《私がひとり閉じこもって書いたのではなく、講談社のお世話で毎月一度録音機とノートを携えて庄野さんに逢い、全集一巻分ごとの作品について、書いた時の事情や今の気持などを聞かせてもらった。（中略）その上に、丹念に貼ってある古いスクラップ・ブックや未発表の小説など、大切な資料をいくつも貸してもらった。そのほか二十数年間のつきあいと、その前に間接に知っていた子供の頃からの記憶やメモ類を総動員した》

庄野作品の精読や資料に当ることはもちろん、同じ放送会社で親しく接した体験などの「つきあい」もふくめて生身の作家の姿も描かれており、著者は庄野潤三という特異な文学者の像を文字通りあらゆるものを「総動員」して描こうとしている。その人と文学への深い親愛が、文章の背後になみなみとあるのが伝わってくるのだ。

しかし、実はそれだけではない。この「ノート」の言葉はさらに微妙で繊細な語る者と語られる対象との出会いのなかから生まれ出て来ている。

第一章で庄野の「習作の時代」にふれながら、阪田は庄野文学がこれまでのどんな小説家とも違う要素から成り立っていることを指摘する。

それはフィクションとしての小説の「劇的なもの」にたいする拒否反応である。もうひとつはいわゆる「私小説」との相違への意識である。「すべての文学は人間記録《ヒューマン・ドキュメント》だという考えが根本にあるわけです」という庄野の発言を引きながら、阪田は明晰にこういっている。

《昭和三十六年といえば、庄野さんが「静物」を書き上げた次の年だ。短く切り取った家庭生活の断片を貼絵のように並べたこの中篇は、ふしぎな美感と客観性に統一され、従来の私小説の枠にはまらないのみならず、明治以後のどの小説にも似ていなかった。(似ているとすれば、それは庄野さんの資質に一番よく似ている)》

近代日本文学のなかで庄野潤三の「小説」は唯一無二である、これが阪田の基本的な第一の定義である。そして、その「小説」は作者である庄野潤三という人間の資質と切り離すことはできない、これがもうひとつの大切な定義である。この「ノート」は、したがって「庄野さん」という生身の存在と、彼が作り出す小説の言葉と、その両者に関わる解説者としての阪田自身との三点の揺れ動く関係から形成される。

阪田(私)は、大学生の頃に庄野の小説と出会う。小学校と中学の四、五年先輩でもあった作家を強く意識しはじめる。

《……私は友人と同人雑誌も始めていたが、小説とはコムプレックスの捌け口だとしか思えなかった。即ちそこでは人間の恥部・罪の意識・劣等感・復讐が描かれるべきであった。しかるに庄野さんのは市民生活と詩人的性情だ。私なら一番隠したいひよわな部分を、庄野さんは痛々しく露呈させている。何時刺し殺されるか判らぬ乱世に、腹を出して寝ているようなものだ。とてもひとごとだと見てはおれない。/これが、生まれて初めて接した庄野さんの小説に対する私の感想であった。つまり二十何年前の私のような平均的文学青年には、こんなきれいな文章がこんな世の中になぜ書かれなければならないか訳が

判らず、作品全体が非現実的なものに見えたのである》（第二章　愛撫）

太宰治を愛読し、虚無だの実存だのという「時代の固定観念に酔っぱらった私」は、庄野の「小説」との出会いによって決定的な転回を遂げる。そこにはまた生身の「庄野さん」の存在が介在する。作家の短篇を「宝石箱をひっくりかえしたような作品だ」と本人の前で評したとき、「それはどの箇所を指しているのか」と訊かれ、「活字の上をはっきり指で示して欲しいと、まるで画家が自分の画について語るような態度で糺されて私は忽ち困惑」する。

《これまで小説についてそのように具体的に指でここそこと示すような人を私は見たことがなかった。「きれいすぎる」文字があるような気がしていたのに探してみると一つもない。私は答えに窮した。／庄野さんは穏やかに、一度ぼくの小説をみんな精読してから批評してくれや、と言った》（第三章　プールサイド小景）

庄野作品の最大の特徴、その特異といってもいいところは、小説の言葉が何かを指し示すことでその物を描いているのではなく、むしろ言葉自体がその物と化している点にある。眼前に在る物や人を、作家の眼差しは揺るがぬ力でとらえて、それを描き出す。その描写の力を、著者は「庄野さん」自身のなかに見出し、その作品の言葉が体現していることをこの「ノート」で精確に辿っていくのである。

阪田は、昭和四十一年に『文學界』に「音楽入門」という小説を発表し芥川賞候補になる。その後ラジオドラマや童謡の歌曲集などの仕事で注目され、昭和五十年「土の器」で芥川賞を受賞する。折しも本書が刊行された年であった。庄野作品との対話のなかで阪田寛夫は自らの作家としての在り方の根底をかためていったといってもいい。

昭和三十一年に刊行された、庄野文学の中心にある家庭小説としての最初の長篇『ザボンの花』（庄野の代表作『静物』『夕べの雲』へと続く起点でもある）について論じるとき、阪田はその新聞小説を作家がどのように毎日書いていたかを紹介するところからはじめる。

《正確な記憶ではないが、これを書いていた最中庄野さんが冗談に「before breakfast novel」と呼んでいたように思う。早起きの庄野さんが朝食前に三枚の原稿を書いて封筒に入れておくと、やがて新緑に煙る木立の間から社旗を立てたオートバイが勇ましく走って来るのが見えたそうだ》（第四章　ザボンの花）

そのオートバイと入れ違いに作家は会社へと出勤する。

《「朝飯前」に楽々と書けたかどうかは知らないが、農夫が朝露を踏んで一日分の草を刈るように、庄野さんはあのがっしりした体で机に向い、武蔵野の朝風の渡る部屋で一日分の原稿を書きとめたわけだ。その日課は、いかにも小説の内容にふさわしい》（同右）

ひとつの家庭の平凡で静かな日常の営みが、三人の子供たちの姿を通して描かれる『ザボンの花』には、時代をこえて変わることのない人間の根源にある生活感情が見事に表現されている。阪田は、この「小説」の内容が作家自身の「書く」姿勢――「農夫が朝露を踏んで一日分の草を刈るように」原稿執筆に向うその姿を一枚の画のように呈示する。
その小説家の姿勢は、阪田自身に小説を書くことの本質にあるものを知らしめてくれたことは想像に難くない。もっといえばこの「ノート」を書くことで阪田寛夫は、庄野潤三との対話のなかで自らの在るべき作家像をつくり上げていったのだ。一人の作家が、敬愛する先輩作家の作品を論じることで、ここに誕生する。小説のディティールについて「具体的に指でここそこと示す」ことの重要さの実践から、阪田寛夫のこれまでにない独自な「小説」世界が静かに形づくられていった。
《だから、これは「庄野さんのものを庄野さんに返す」仕事であった。果たして私が、大事なものを傷めずに返せたかどうか。もしこの断片的な記述の中に読者を納得させる部分が幸にもあるとすれば、つまりそこに庄野さんの作品の美しさと面白さがあらわれているのである。しかし、私の側からいえば結果として庄野さんの作品について書く仕事は、ある角度から自分をしらべることにもなった》（あとがき）
阪田はこののち『まどさん』という、戦後童謡の代表作「ぞうさん」の作詞者まど・みちおの評伝を昭和六十年に発表するが、その生い立ちからキリスト教（ホーリネス教会）の信仰の内奥に入り、人間の純粋性を探求していく。その方法論はあきらかに、『庄野潤三ノート』によって獲得したものであろう。

また戦後封印された「海道東征」「海行かば」の作曲家・信時潔《のぶとききよし》についての短篇小説「海道東征」を昭和六十一年に発表し川端康成文学賞を受賞している。

《信時潔の夢を見た。／いが栗頭の信時さんは、村の鎮守の神様のような衣服を身につけていた》という文章ではじまるこの作品は、童謡や歌謡の世界ですぐれた仕事をしてきた作家らしいユニークな小説であるが、この作品の傑作たるゆえんは、信時の作曲や近代日本の音楽（西洋音楽の受容と葛藤）の宿命を透視する歴史家の眼が光っているからである。それは『庄野潤三ノート』で阪田が紹介する、庄野自身の次のような言葉に深く照応している。

《ここに（家庭を描こうとする時）作者に最も要求せられるものは厳正なる歴史家の眼である。そして歴史家の眼のみが最も平凡で最も些細な、それこそ池の表面を時折走るさざなみに宝石のような真実の輝きを見出すことが出来るだろう。（略）／そしてその眼は更に単なる傍観者、記録者のそれではなくて家庭というものの持つ宿命的な不幸に対して働きかけようとする善意と明識をもてる眼でなければならない》（第一章　愛撫）

この「歴史家の眼」は小説家の「眼」でもある。いや、真に小説家であればかならずやこの「歴史家の眼」を持つ。阪田寛夫は庄野潤三という不世出の作家と出会い、その人と文学に深く親炙することでこの「眼」を我物としたのであり、本書はその鮮やかな見事な証明の一冊なのである。

本書は、『庄野潤三ノート』（一九七五年五月、冬樹社刊）を底本とし、多少ふりがなを調整しました。本文中明らかな誤記、誤植と思われる箇所は正しましたが、原則として底本に従いました。なお底本にある表現で、今日から見れば不適切と思われるものがありますが、時代背景を考慮しそのままにしました。ご理解のほどよろしくお願いいたします。

講談社
文芸文庫

庄野《しょうの》潤三《じゅんぞう》ノート

阪田《さかた》寛夫《ひろお》

二〇一八年五月一〇日第一刷発行

発行者――渡瀬昌彦
発行所――株式会社　講談社
東京都文京区音羽2・12・21　〒112-8001
電話　編集（03）5395・3513
販売（03）5395・5817
業務（03）5395・3615

デザイン――菊地信義
印刷――豊国印刷株式会社
製本――株式会社国宝社
本文データ制作――講談社デジタル製作

©Keiko Naito 2018, Printed in Japan

定価はカバーに表示してあります。

落丁本・乱丁本は購入書店名を明記のうえ、小社業務宛にお送りください。送料は小社負担にてお取替えいたします。なお、この本の内容についてのお問い合せは文芸文庫（編集）宛にお願いいたします。
本書のコピー、スキャン、デジタル化等の無断複製は著作権法上での例外を除き禁じられています。本書を代行業者等の第三者に依頼してスキャンやデジタル化することはたとえ個人や家庭内の利用でも著作権法違反です。

ISBN978-4-06-290378-3

講談社文芸文庫

▶解=解説 案=作家案内 人=人と作品 年=年譜を示す。 2018年5月現在

講談社文芸文庫

講談社文芸文庫編-昭和戦前傑作落語選集 伝説の名人編　林家彦いち-解
講談社文芸文庫編-個人全集月報集 藤枝静男著作集・永井龍男全集
講談社文芸文庫編-『少年倶楽部』短篇選　杉山 亮——解
講談社文芸文庫編-福島の文学 11人の作家　宍戸芳夫——解
講談社文芸文庫編-個人全集月報集 円地文子文庫・円地文子全集・佐多稲子全集・宇野千代全集
講談社文芸文庫編-妻を失う 離別作品集　富岡幸一郎-解
講談社文芸文庫編-『少年倶楽部』熱血・痛快・時代短篇選　講談社文芸文庫-解
講談社文芸文庫編-素描 埴谷雄高を語る
講談社文芸文庫編-戦争小説短篇名作選　若松英輔——解
講談社文芸文庫編-「現代の文学」月報集
講談社文芸文庫編-明治深刻悲惨小説集 齋藤秀昭選　齋藤秀昭——解
講談社文芸文庫編-個人全集月報集 武田百合子全作品・森茉莉全集
小島信夫—抱擁家族　大橋健三郎-解／保昌正夫——案
小島信夫—うるわしき日々　千石英世——解／岡田 啓——年
小島信夫—月光|暮坂 小島信夫後期作品集　山崎 勉——解／編集部——年
小島信夫—美濃　保坂和志——解／柿谷浩一——年
小島信夫—公園|卒業式 小島信夫初期作品集　佐々木 敦——解／柿谷浩一——年
小島信夫—靴の話|眼 小島信夫家族小説集　青木淳悟——解／柿谷浩一——年
小島信夫—城壁|星 小島信夫戦争小説集　大澤信亮——解／柿谷浩一——年
小島信夫—[ワイド版]抱擁家族　大橋健三郎-解／保昌正夫——案
後藤明生—挾み撃ち　武田信明——解／著者——年
後藤明生—首塚の上のアドバルーン　芳川泰久——解／著者——年
小林 勇——惜櫟荘主人 一つの岩波茂雄伝　高田 宏——人／小林堯彦他-年
小林信彦—[ワイド版]袋小路の休日　坪内祐三——解／著者——年
小林秀雄—栗の樹　秋山 駿——人／吉田凞生——年
小林秀雄—小林秀雄対話集　秋山 駿——解／吉田凞生——年
小林秀雄—小林秀雄全文芸時評集 上・下　山城むつみ-解／吉田凞生——年
小林秀雄—[ワイド版]小林秀雄対話集　秋山 駿——解／吉田凞生——年
小堀杏奴—朽葉色のショール　小尾俊人——解／小尾俊人——年
小山 清——日日の麵麭|風貌 小山清作品集　田中良彦——解／田中良彦——年
佐伯一麦—ショート・サーキット 佐伯一麦初期作品集　福田和也——解／二瓶浩明——年
佐伯一麦—日和山 佐伯一麦自選短篇集　阿部公彦——解／著者——年
佐伯一麦—ノルゲ Norge　三浦雅士——解／著者——年
坂上 弘——田園風景　佐伯一麦——解／田谷良一——年

講談社文芸文庫

講談社文芸文庫

白洲正子——明恵上人　河合隼雄——人／森 孝——年
白洲正子——十一面観音巡礼　小川光三——人／森 孝——年
白洲正子——お能|老木の花　渡辺 保——人／森 孝——年
白洲正子——近江山河抄　前 登志夫——人／森 孝——年
白洲正子——古典の細道　勝又 浩——人／森 孝——年
白洲正子——能の物語　松本 徹——人／森 孝——年
白洲正子——心に残る人々　中沢けい——人／森 孝——年
白洲正子——世阿弥 ——花と幽玄の世界　水原紫苑——人／森 孝——年
白洲正子——謡曲平家物語　水原紫苑——解／森 孝——年
白洲正子——西国巡礼　多田富雄——解／森 孝——年
白洲正子——私の古寺巡礼　高橋睦郎——解／森 孝——年
白洲正子——[ワイド版]古典の細道　勝又 浩——人／森 孝——年
杉浦明平——夜逃げ町長　小嵐九八郎-解／若杉美智子-年
鈴木大拙訳-天界と地獄 スエデンボルグ著　安藤礼二——解／編集部——年
鈴木大拙——スエデンボルグ　安藤礼二——解／編集部——年
青鞜社編——青鞜小説集　森 まゆみ—解
曽野綾子——雪あかり 曽野綾子初期作品集　武藤康史——解／武藤康史——年
高井有一——時の潮　松田哲夫——解／武藤康史——年
高橋源一郎-さようなら、ギャングたち　加藤典洋——解／栗坪良樹——年
高橋源一郎-ジョン・レノン対火星人　内田 樹——解／栗坪良樹——年
高橋源一郎-虹の彼方に《オーヴァー・ザ・レインボウ》　矢作俊彦——解／栗坪良樹——年
高橋源一郎-ゴーストバスターズ 冒険小説　奥泉 光——解／若杉美智子-年
高橋たか子-誘惑者　山内由紀人-解／著者——年
高橋たか子-人形愛|秘儀|甦りの家　富岡幸一郎-解／著者——年
高橋英夫——新編 疾走するモーツァルト　清水 徹——解／著者——年
高見 順——如何なる星の下に　坪内祐三——解／宮内淳子——年
高見 順——死の淵より　井坂洋子——解／宮内淳子——年
高見 順——わが胸の底のここには　荒川洋治——解／宮内淳子——年
高見沢潤子-兄 小林秀雄との対話 人生について
武田泰淳——蝮のすえ|「愛」のかたち　川西政明——解／立石 伯——案
武田泰淳——司馬遷—史記の世界　宮内 豊——解／古林 尚——年
武田泰淳——風媒花　山城むつみ-解／編集部——年
竹西寛子——式子内親王|永福門院　雨宮雅子——人／著者——年
太宰 治——男性作家が選ぶ太宰治　編集部——年

講談社文芸文庫

井上 靖
崑崙の玉／漂流 井上靖歴史小説傑作選
解説＝島内景二 年譜＝曾根博義
いH6
著者の独擅場とも言うべき西域・中国ものと戦乱の世において非運に倒れた武将たちの運命を見据えた戦国もの等をあわせ、透徹した眼と自在な筆致が冴える短篇集。
978-4-06-290376-9

阪田寛夫
庄野潤三ノート
解説＝富岡幸一郎
さO2
文学はすべて人間記録（ヒューマン・ドキュメント）だとする作家庄野潤三の全体像を描く試み。簡潔でありながらあたたかな文章が読者を感動へと誘う。
978-4-06-290378-3

群像編集部・編
群像短篇名作選 2000〜2014
くK3
小説とはいったいなにか。書くという行為の意味とは。作家たちは表現の多様さと読みの可能性をどこまでも追求しつづける。現代日本文学の到達点を示す十八篇。
978-4-06-511549-7